ROBERTO BOLAÑO

Nocturno de Chile

Roberto Bolaño (1953–2003), narrador y poeta chileno, es autor de libros de cuentos (*Llamadas telefónicas, Putas asesinas, El gaucho insufrible, Diario de bar*—en colaboración con A. G. Porta— y *El secreto del mal*), novelas (*Consejos de un discípulo de Morrison a un fanático de Joyce* —en colaboración con A. G. Porta—, *Monsieur Pain, La pista de hielo, La literatura nazi en América, Estrella distante, Los detectives salvajes, Amuleto, Nocturno de Chile, Amberes, Una novelita lumpen, 2666, El Tercer Reich, Los sinsabores del verdadero policía* y *El espíritu de la cienciaficción*), poesía (*Reinventar el amor, La Universidad Desconocida, Los perros románticos, El último salvaje* y *Tres*) y libros de no ficción (*Entre paréntesis*). Está considerado una de las figuras más importantes de la literatura contemporánea en español.

Nocturno de Chile

Nocturno de Chile

ROBERTO BOLAÑO

VINTAGE ESPAÑOL
Una división de Penguin Random House LLC
Nueva York

SEGUNDA EDICIÓN VINTAGE ESPAÑOL, JULIO 2017

Información de catalogación de publicaciones disponible en la
Biblioteca del Congreso de los Estados Unidos.

Vintage Español ISBN en tapa blanda: 978-0-307-47613-5

Para venta exclusiva en EE.UU., Canadá, Puerto Rico y Filipinas

www.vintageespanol.com

Impreso en los Estados Unidos de América

10   9   8   7   6

Para Carolina López y Lautaro Bolaño

Quítese la peluca.
CHESTERTON

Nocturno de Chile

Ahora me muero, pero tengo muchas cosas que decir todavía. Estaba en paz conmigo mismo. Mudo y en paz. Pero de improviso surgieron las cosas. Ese joven envejecido es el culpable. Yo estaba en paz. Ahora no estoy en paz. Hay que aclarar algunos puntos. Así que me apoyaré en un codo y levantaré la cabeza, mi noble cabeza temblorosa, y rebuscaré en el rincón de los recuerdos aquellos actos que me justifican y que por lo tanto desdicen las infamias que el joven envejecido ha esparcido en mi descrédito en una sola noche relampagueante. Mi pretendido descrédito. Hay que ser responsable. Eso lo he dicho toda mi vida. Uno tiene la obligación moral de ser responsable de sus actos y también de sus palabras e incluso de sus silencios, sí, de sus silencios, porque también los silencios ascienden al cielo y los oye Dios y sólo Dios los comprende y los juzga, así que mucho cuidado con los silencios. Yo soy responsable de todo. Mis silencios son inmaculados. Que quede claro. Pero sobre todo que le quede claro a Dios. Lo demás es prescindible. Dios no. No sé de qué estoy hablando. A veces me sorprendo a mí mismo apoyado en un codo. Divago y sueño y procuro estar en paz conmigo mismo. Pero a veces hasta de mi propio nombre me olvido. Me llamo Sebastián Urrutia Lacroix. Soy chileno. Mis ancestros, por parte de padre, eran originarios de las Vascongadas o del País Vasco o de Euskadi, como se dice hoy. Por parte de madre provengo de las dulces tierras de Francia, de una aldea cuyo nombre en español significa Hombre en tierra u Hombre a pie, mi francés, en estas postreras horas, ya no es tan bueno como antes. Pero aún tengo fuerzas para recordar y para responder a los agravios de ese joven envejecido que de pronto ha llegado a la puerta de mi casa y sin mediar provocación y sin venir a cuento me ha insultado. Eso que quede claro. Yo no busco la confrontación, nunca la he buscado, yo busco la paz, la responsabilidad de los actos y de las palabras y de los silencios. Soy un hombre razonable. Siempre he sido un hombre razonable. A los trece años sentí la llamada de Dios y quise entrar en el seminario. Mi padre se opuso. No con excesiva determinación, pero se opuso. Aún recuerdo su sombra deslizándose por las habitaciones de nuestra casa, como si se tratara de la sombra de una comadreja o de una anguila. Y recuerdo, no sé cómo, pero lo cierto es que recuerdo mi sonrisa en medio de la oscuridad, la sonrisa del niño que fui. Y recuerdo un gobelino en donde se representaba una escena de caza. Y un plato de metal en donde se representaba una cena con todos los ornamentos que el caso requiere. Y mi sonrisa y mis temblores. Y un año después, a la edad de catorce, entré en el seminario, y cuando salí, al cabo de mucho tiempo, mi madre me besó la mano y me dijo padre o yo creí entender que me llamaba padre y ante mi asombro y mis protestas (no me llame padre, madre, yo soy su hijo, le dije, o tal vez no le dije su hijo sino el hijo) ella se puso a llorar o púsose a llorar y yo entonces pensé, o tal vez sólo lo pienso ahora, que la vida es una sucesión de equívocos que nos conducen a la verdad final, la única verdad. Y poco antes o poco después, es decir días antes de ser ordenado sacerdote o días después de tomar los santos votos, conocí a Farewell, al famoso Farewell, no recuerdo con exactitud dónde, probablemente en su casa, acudí a su casa, aunque también puede que peregrinara a su oficina en el diario o puede que lo viera por primera vez en el club del que era miembro, una tarde melancólica como muchas tardes de abril en Santiago, aunque en mi espíritu cantaban los pájaros y florecían los retoños, como dice el clásico, y allí estaba Farewell, alto, un metro ochenta aunque a mí me pareció de dos metros, vestido con un terno gris de buen paño inglés, zapatos hechos a mano, corbata de seda, camisa blanca impoluta como mi propia ilusión, mancuernas de oro, y un alfiler en donde distinguí unos signos que no quise interpretar pero cuyo significado no se me escapó en modo alguno, y Farewell me hizo sentarme a su lado, muy cerca de él, o tal vez antes me llevó a su biblioteca o a la biblioteca del club, y mientras mirábamos los lomos de los libros empezó a carraspear, y es posible que mientras carraspeaba me mirara de reojo aunque no lo puedo asegurar pues yo no quitaba la vista de los libros, y entonces dijo algo que no entendí o que mi memoria ya olvidó, y luego nos volvimos a sentar, él en un sillón, yo en una silla, y hablamos de los libros cuyos lomos acabábamos de ver y acariciar, mis dedos frescos de joven recién salido del seminario, los dedos de Farewell gruesos y ya algo deformes como correspondía a un anciano tan alto, y hablamos de los libros y de los autores de esos libros y la voz de Farewell era como la voz de una gran ave de presa que sobrevuela ríos y montañas y valles y desfiladeros, siempre con la expresión justa, la frase que se ceñía como un guante a su pensamiento, y cuando yo le dije, con la ingenuidad de un pajarillo, que deseaba ser crítico literario, que deseaba seguir la senda abierta por él, que nada había en la tierra que colmara más mis deseos que leer y expresar en voz alta, con buena prosa, el resultado de mis lecturas, ah, cuando le dije eso Farewell sonrió y me puso la mano en el hombro (una mano que pesaba tanto o más que si estuviera ornada por un guantelete de hierro) y buscó mis ojos y dijo que la senda no era fácil. En este país de bárbaros, dijo, ese camino no es de rosas. En este país de dueños de fundo, dijo, la literatura es una rareza y carece de mérito el saber leer. Y como yo, por timidez, nada le respondiera, me preguntó acercando su rostro al mío si algo me había molestado u ofendido. ¿No serán usted o su padre dueños de fundo? No, dije. Pues yo sí, dijo Farewell, tengo un fundo cerca de Chillán, con una pequeña viña que no da malos vinos. Acto seguido procedió a invitarme para el siguiente fin de semana a su fundo, que se llamaba como uno de los libros de Huysmans, ya no recuerdo cuál, puede que *À rebours* o *Là-bas* e incluso puede que se llamara *L'oblat*, mi memoria ya no es lo que era, creo que se llamaba *Là-bas*, y su vino también se llamaba así, y después de invitarme Farewell se quedó callado aunque sus ojos azules permanecieron fijos en los míos, y yo también me quedé callado y no pude sostener la mirada escrutadora de Farewell, bajé los ojos humildemente, como un pajarillo herido, e imaginé ese fundo en donde la literatura sí que era un camino de rosas y en donde el saber leer no carecía de mérito y en donde el gusto primaba por encima de las necesidades y obligaciones prácticas, y luego levanté la mirada y mis ojos de seminarista se encontraron con los ojos de halcón de Farewell y asentí varias veces, dije que iría, que era un honor pasar un fin de semana en el fundo del mayor crítico literario de Chile. Y cuando llegó el día señalado todo en mi alma era confusión e incertidumbre, no sabía qué ropa ponerme, si la sotana o ropa de seglar, y si me decidía por la ropa de seglar no sabía cuál escoger, y si me decidía por la sotana me asaltaban dudas acerca de cómo iba a ser recibido. Tampoco sabía qué libros llevar para leer en el tren de ida y de vuelta, tal vez una *Historia de Italia* para el viaje de ida, tal vez la

Antología de poesía chilena de Farewell para el viaje de vuelta. O tal vez al revés. Y tampoco sabía qué escritores (porque Farewell siempre tenía escritores invitados en su fundo) me iba a encontrar en *Là-bas*, tal vez al poeta Uribarrena, autor de espléndidos sonetos de preocupación religiosa, tal vez a Montoya Eyzaguirre, fino estilista de prosas breves, tal vez a Baldomero Lizamendi Errázuriz, historiador consagrado y rotundo. Los tres eran amigos de Farewell. Pero en realidad Farewell tenía tantos amigos y enemigos que resultaba vano hacerse cábalas al respecto. Cuando llegó el día señalado partí de la estación con el alma compungida y al mismo tiempo dispuesto para cualquier trago amargo que Dios tuviera a bien infligirme. Como si fuera hoy (mejor que si fuera hoy) recuerdo el campo chileno y las vacas chilenas con sus manchas negras (o blancas, depende) pastando a lo largo de la vía férrea. Por momentos el traqueteo del tren conseguía adormecerme. Cerraba los ojos. Los cerraba tal como ahora los cierro. Pero de golpe los volvía a abrir y allí estaba el paisaje, variado, rico, por momentos enfervorizador y por momentos melancólico. Cuando el tren llegó a Chillán tomé un taxi que me dejó en una aldea llamada Querquén. En algo así como la plaza principal (no me atrevo a llamarla Plaza de Armas) de Querquén, vacía de todo atisbo de personas. Pagué al taxista, bajé con mi maleta, vi el panorama que me rodeaba y cuando ya me volvía otra vez con la intención de preguntarle algo al taxista o de volver a subir al taxi y emprender el retorno apresurado a Chillán y luego a Santiago, el auto se alejó de improviso, como si esa soledad que algo tenía de ominosa hubiera despertado en el conductor miedos atávicos. Por un momento yo también sentí miedo. Triste figura debí de componer parado en ese desamparo, con mi maleta del seminario y con la *Antología* de Farewell sujeta en la mano. De detrás de una arboleda volaron algunos pájaros. Parecían chillar el nombre de esa aldea perdida, Querquén, pero también parecían decir *quién, quién, quién.* Premuroso, recé una oración y me encaminé hacia un banco de madera, para componer una figura más acorde con lo que yo era o con lo que yo en aquel tiempo creía ser. Virgen María, no desampares a tu siervo, murmuré, mientras los pájaros negros de unos veinticinco centímetros de alzada decían *quién, quién, quién,* Virgen de Lourdes, no desampares a tu pobre clérigo, murmuré, mientras otros pájaros, marrones o más bien amarronados, con el pecho blanco, de unos diez centímetros de alzada, chillaban más bajito *quién, quién, quién,* Virgen de los Dolores, Virgen de la Lucidez, Virgen de la Poesía, no dejes a la intemperie a tu servidor, murmuré, mientras unos pájaros minúsculos, de colores magenta y negro y fucsia y amarillo y azul ululaban *quién, quién, quién,* al tiempo que un viento frío se levantaba de improviso helándome hasta los huesos. Entonces, por el fondo de la calle de tierra, vi una especie de tílburi o de cabriolet o de carroza tirada por dos caballos, uno bayo y el otro pinto, que venía hacia donde yo estaba, y que se recortaba contra el horizonte con una estampa

17

que no puedo sino definir como demoledora, como si aquel carricoche fuera a buscar a alguien para llevarlo al infierno. Cuando estuvo a pocos metros de mí, el conductor, un campesino que pese al frío sólo llevaba una blusa y una chaquetilla sin mangas, me preguntó si yo era el señor Urrutia Lacroix. No sólo pronunció mal mi segundo apellido sino también el primero. Dije que sí, que yo era quien él buscaba. Entonces el campesino se bajó sin decir una palabra, puso mi maleta en la parte trasera del carruaje y me invitó a subir a su lado. Desconfiado, y aterido por el viento gélido que bajaba de los faldeos cordilleranos, le pregunté si venía del fundo del señor Farewell. De allí no vengo, dijo el campesino. ¿No viene de *Là-bas?*, dije mientras me castañeteaban los dientes. De allí sí vengo, pero a ese señor no lo conozco, respondió esa alma de Dios. Comprendí entonces lo que debía haber sido obvio. Farewell era el seudónimo de nuestro crítico. Intenté recordar su nombre. Sabía que su primer apellido era González pero no me acordaba del segundo y durante unos instantes me debatí entre decir que yo era un invitado del señor González, así sin mayores explicaciones, o callar. Opté por callar. Me apoyé en el pescante y cerré los ojos. El campesino me preguntó si me sentía mal. Oí su voz, no más alta que un susurro que el viento se llevó enseguida, y justo entonces pude recordar el segundo apellido de Farewell: Lamarca. Soy un invitado del señor González Lamarca, exhalé en un suspiro de alivio. El señor lo está esperando, dijo el campesino. Cuando dejamos atrás Querquén y sus

18

pájaros lo sentí como un triunfo. En *Là-bas* me esperaba Farewell junto a un joven poeta cuyo nombre me era desconocido. Ambos estaban en el living, aunque llamar living a aquella sala era un pecado, más bien se asemejaba a una biblioteca y a un pabellón de caza, con muchas estanterías llenas de enciclopedias y diccionarios y souvenirs que Farewell había comprado en sus viajes por Europa y el norte de África, amén de por lo menos una docena de cabezas disecadas, entre ellas la de una pareja de pumas que el padre de Farewell había cazado personalmente. Hablaban, como era de suponer, de poesía, y aunque cuando yo llegué suspendieron el diálogo, no tardaron, tras mi acomodo en una habitación del segundo piso, en retomarlo. Recuerdo que aunque tuve ganas de participar, tal como amablemente se me invitó a hacer, opté por el silencio. Además de interesarme por la crítica yo también escribía poemas e intuí que enfrascarme en la alegre y bulliciosa discusión de Farewell y el joven poeta sería como navegar en aguas procelosas. Recuerdo que bebimos coñac y recuerdo que en algún momento, mientras revisaba los mamotretos de la biblioteca de Farewell, me sentí profundamente desdichado. Cada cierto tiempo Farewell se reía con sonoridad excesiva. Cada vez que prorrumpía en una de esas risotadas yo lo miraba de reojo. Parecía el dios Pan, o Baco en su madriguera, o algún demente conquistador español enquistado en su fortín del sur. El joven bardo, por el contrario, tenía una risa delgada como el alambre y como el alambre nerviosa, y su risa siempre iba detrás de la gran risa de Farewell, como una libélula detrás de una culebra. En algún momento Farewell anunció que esperábamos invitados para la comida de esa noche. Yo incliné la cerviz y agucé el oído, pero nuestro anfitrión quiso reservarse la sorpresa. Más tarde salí a dar un paseo por los jardines del fundo. Creo que me perdí. Tenía frío. Más allá del jardín se extendía el campo, la naturaleza salvaje, las sombras de los árboles que parecían llamarme. La humedad era insoportable. Descubrí una cabaña o tal vez fuera un galpón por una de cuyas ventanas se distinguía una luz. Me acerqué. Escuché risas de hombres y las protestas de una mujer. La puerta de la cabaña estaba entreabierta. Oí el ladrido de un perro. Golpeé y sin esperar respuesta entré en la cabaña. Alrededor de una mesa vi a tres hombres, tres peones de Farewell, y junto a una cocina de leña había dos mujeres, una vieja y la otra joven, que al verme se me acercaron y tomaron mis manos entre sus manos ásperas. Qué bueno que haya venido, padre, dijo la más vieja arrodillándose delante de mí y llevándose mi mano a sus labios. Sentí miedo y asco, pero la dejé hacer. Los hombres se habían levantado. Tome asiento, padrecito, dijo uno de ellos. Sólo entonces me di cuenta, con un estremecimiento, de que aún llevaba la sotana con la que había emprendido el viaje. En mi confusión estaba seguro de habérmela quitado cuando subí a la habitación que Farewell había destinado para mí. Pero lo cierto es que sólo pensé en cambiarme y no me cambié y luego bajé a reunirme de nuevo con Farewell en el pabellón de caza. Y también pensé, allí, en el galpón de los campesinos, que ya no iba a tener tiempo para cambiarme antes de la comida. Y pensé que Farewell se iba a forjar una impresión errónea de mí. Y pensé que el joven poeta que lo acompañaba también se iba a forjar una imagen equivocada. Y finalmente pensé en los invitados sorpresa, que seguramente eran gente de importancia, y me vi a mí mismo, con la sotana cubierta por el polvo del camino, por el hollín del tren, por el polen de los senderos que conducen a *Là-bas*, acoquinado comiendo en un rincón apartado de la mesa, sin atreverme a levantar la mirada. Y entonces volví a oír la voz de uno de los campesinos que me invitaba a tomar asiento. Y como un sonámbulo me senté. Y oí la voz de una de las mujeres que decía padre tome esto o padre tome lo otro. Y alguien me habló de un niño enfermo, pero con una dicción tal que no entendí si el niño estaba enfermo o ya estaba muerto. ¿Y a mí para qué me necesitaban? ¿El niño se estaba muriendo? Pues que llamaran a un médico. ¿El niño hacía tiempo que ya se había muerto? Pues que le rezaran, entonces, una novena a la Virgen. Que desbrozaran su tumba. Que quitaran la grama que crece en todas partes. Que lo tuvieran presente en sus oraciones. Dios mío, yo no podía estar en todas partes. Yo no podía. ¿Está bautizado?, me oí decir. Sí, padrecito. Ah. Todo conforme, entonces. ¿Quiere un poco de pan, padrecito? Lo probaré, dije. Pusieron delante de mí una lasca de pan. Duro, como es el pan de los campesinos, horneado en horno de barro. Me llevé un trozo a los labios. Entonces me pareció ver al joven envejecido en el vano de la puerta. Pero sólo eran los nervios. Estábamos a finales de la década del cincuenta y él entonces sólo debía de tener cinco años, tal vez seis, y estaba lejos del terror, de la invectiva, de la persecución. ¿Le gusta el pan, padre?, dijo uno de los campesinos. Lo humedecí con saliva. Bueno, dije, muy gustoso, muy sabroso, grato al paladar, manjar ambrosiano, deleitable fruto de la patria, buen sustento de nuestros esforzados labriegos, rico, rico. Y la verdad es que el pan no era malo y yo necesitaba comer, necesitaba tener algo en el estómago, así que agradecí a los campesinos su regalo y luego me levanté, hice una señal de la cruz en el aire, que Dios bendiga esta casa, dije, y me marché con viento fresco. Al salir volví a oír el ladrido del perro y un tremolar de ramas, como si una bestia se ocultara entre la maleza y desde allí sus ojos siguieran mis pasos erráticos en busca de la casa de Farewell, que no tardé en ver, iluminada como un transatlántico en la noche austral. Cuando llegué la cena aún no había empezado. Con un decidido gesto de valentía opté por no despojarme de mi sotana. Durante un rato estuve remoloneando en el pabellón de caza, hojeando algunos incunables. En una pared se amontonaba lo mejor y más granado de la poesía y la narrativa chilenas, cada libro dedicado por su autor a Farewell con frases ingeniosas, amables, cariñosas, cómplices. Me dije a mí mismo que mi anfitrión era sin duda el estuario en donde se refugiaban, por períodos cortos o largos, todas las embarcaciones literarias de la patria, desde los frágiles yates hasta los grandes cargueros, desde los odoríficos barcos de pesca hasta los extravagantes acorazados. ¡No por casualidad, un rato antes, su casa me había parecido un transatlántico! En realidad, me dije a mí mismo, la casa de Farewell era un puerto. Luego oí un ruido sutil, como si alguien se arrastrara en la terraza. Picado por la curiosidad, abrí una de las puertas-ventanas y salí. El aire era cada vez más frío y allí no había nadie, pero en el jardín distinguí una sombra oblonga como un ataúd que se dirigía hacia una especie de ramada, una broma griega que Farewell había hecho levantar junto a una rara estatua ecuestre, pequeña, de unos cuarenta centímetros de altura, de bronce, que encima de un pedestal de pórfido parecía salir eternamente de la ramada. En el cielo vacío de nubes la luna se destacaba con nitidez. El viento me hizo revolotear la sotana. Me acerqué con decisión al sitio en donde se había ocultado la sombra. Junto a la fantasía ecuestre de Farewell lo vi. Estaba de espaldas a mí. Vestía una chaqueta de pana y una bufanda y sobre la cabeza llevaba un sombrero de ala corta echado para atrás y murmuraba hondamente unas palabras que no podían ir dirigidas a nadie sino a la luna. Me quedé como el reflejo de la estatua, con la patita izquierda semilevantada. Era Neruda. No sé qué más pasó. Ahí estaba Neruda y unos metros más atrás estaba yo y en medio la noche, la luna, la estatua ecuestre, las plantas y las maderas de Chile, la oscura dignidad de la patria. Una historia como ésta seguro que no la tiene el joven envejecido. Él no conoció a Neruda. Él no conoció a ningún gran escritor de nuestra república en condiciones tan esenciales como la que acabo de recordar. Qué importa lo que pasara antes y lo que pasara después. Allí estaba Neruda recitando versos a la luna, a los elementos de la tierra y a los astros cuya naturaleza desconocemos mas intuimos. Allí estaba yo, temblando de frío en el interior de mi sotana que en aquel momento me pareció de una talla muy por encima de mi talla, una catedral en la que yo habitaba desnudo y con los ojos abiertos. Allí estaba Neruda musitando palabras cuyo sentido se me escapaba pero con cuya esencialidad comulgué desde el primer segundo. Y allí estaba yo, con lágrimas en los ojos, un pobre clérigo perdido en las vastedades de la patria, disfrutando golosamente de las palabras de nuestro más excelso poeta. Y yo me pregunto ahora, apoyado en mi codo, ¿ha vivido el joven envejecido alguna escena como ésta? Seriamente me lo pregunto: ¿ha vivido en toda su vida una escena como ésta? Yo he leído sus libros. A escondidas y con pinzas, pero los he leído. Y no hay en ellos nada que se le parezca. Errancia sí, peleas callejeras, muertes horribles en el callejón, la dosis de sexo que los tiempos reclaman, obscenidades y procacidades, algún crepúsculo en el Japón, no en la tierra nuestra, infierno y caos, infierno y caos, infierno y caos. Pobre memoria mía. Pobre fama mía. Lo siguiente es la cena. No la recuerdo. Neruda y su mujer. Farewell y el joven poeta. Yo. Preguntas. ¿Por qué llevo sotana? Una sonrisa mía. Lozana. No he tenido tiempo de cambiarme. Neruda recita un poema. Farewell y él recuerdan un verso particularmente difícil de Góngora. El joven poeta resulta ser nerudiano, por supuesto. Neruda recita otro poema. La cena es exquisita. Ensalada a la chilena, piezas de caza acompañadas de una salsa bearnesa, congrio al horno que Farewell ha hecho traer de la costa. Vino de cosecha propia. Elogios. En la sobremesa, que se prolonga hastas altas horas de la noche, Farewell y la mujer de Neruda ponen discos en un gramófono verde que hace las delicias del poeta. Tangos. Una voz infame que va desgranando historias infames. De pronto, acaso debido a la ingestión franca de licores, me sentí enfermo. Recuerdo que salí a la terraza y busqué la luna que hacía un rato había sido la confidente de nuestro poeta. Me apoyé en un enorme macetero de geranios y contuve la náusea. Sentí unos pasos a mis espaldas. Me volví. La figura homérica de Farewell me observaba con las manos en jarra. Me preguntó si me sentía mal. Le dije que no, que se trataba tan sólo de una zozobra pasajera que el aire puro del campo se encargaría de evaporar. Aunque estaba en una zona de sombras supe que Farewell había sonreído. En sordina me llegaron unos acordes de tango y una voz meliflua que se quejaba cantando. Farewell me preguntó qué me había parecido Neruda. Qué quiere que le diga, respondí, es el más grande. Durante un rato ambos permanecimos en silencio. Luego Farewell dio dos pasos en dirección a mí y vi aparecer su cara de viejo dios griego desvelado por la luna. Me sonrojé violentamente. La mano de Farewell se posó durante un segundo en mi cintura. Me habló de la noche de los poetas italianos, la noche de Iacopone da Todi. La noche de los Disciplinantes. ¿Los ha leído usted? Yo tartamudeé. Dije que en el seminario había leído de pasada a Giacomino da Verona y a Pietro da Bescapé y también a Bonvesin de la Riva. Entonces la mano de Farewell se retorció como un gusano partido en dos por la azada y se retiró de mi cintura, pero la sonrisa no se retiró de su faz. ¿Y a Sordello?, dijo. ¿Qué Sordello? El trovador, dijo Farewell, Sordel o Sordello. No, dije yo. Mire la luna, dijo Farewell. Le eché un vistazo. No, así no, dijo Farewell. Vuélvase y mírela. Me volví. Oí que Farewell, a mi espalda, musitaba: Sordello, ¿qué Sordello?, el que bebió con Ricardo de San Bonifacio en Verona y con Ezzelino da Romano en Treviso, ¿qué Sordello? (¡y entonces la mano de Farewell volvió a presionar mi cintura!), el que cabalgó con Ramón Berenguer y con Carlos I de Anjou, Sordello, que no tuvo miedo, no tuvo miedo, no tuvo miedo. Y recuerdo que en aquel momento yo tuve conciencia de mi miedo, aunque preferí seguir mirando la luna. No era la mano de Farewell que se había acomodado en mi cadera la que provocaba mi espanto. No era su mano, no era la noche en donde rielaba la luna más veloz que el viento que bajaba de las montañas, no era la música del gramófono que escanciaba uno tras otro tangos infames, no era la voz de Neruda y de su mujer y de su dilecto discípulo, sino otra cosa, ¿pero qué cosa, Virgen del Carmen?, me

26

pregunté en ese momento. Sordello, ¿qué Sordello?, repitió con retintín la voz de Farewell a mis espaldas, el Sordello cantado por Dante, el Sordello cantado por Pound, el Sordello del *Ensenhamens d'onor,* el Sordello del *planh* a la muerte de Blacatz, y entonces la mano de Farewell descendió de mi cadera hacia mis nalgas y un céfiro de rufianes provenzales entró en la terraza e hizo revolotear mi sotana negra y yo pensé: El segundo ¡Ay! ha pasado. Mira que viene enseguida el tercero. Y pensé: Yo estaba en pie sobre la arena del mar. Y vi surgir del mar una Bestia. Y pensé: Entonces vino uno de los siete Ángeles que llevaban las siete copas y me habló. Y pensé: Porque sus pecados se han amontonado hasta el cielo y Dios se ha acordado de sus iniquidades. Y sólo entonces oí la voz de Neruda, que estaba a espaldas de Farewell tal como Farewell estaba a espaldas mías. Y nuestro poeta le preguntó a Farewell de qué Sordello hablábamos y de qué Blacatz, y Farewell se volvió hacia Neruda y yo me volví hacia Farewell y sólo vi su espalda cargada con el peso de dos bibliotecas, tal vez de tres, y luego oí la voz de Farewell que decía Sordello, ¿qué Sordello?, y la de Neruda que decía eso es precisamente lo que quiero saber, y la de Farewell que decía ¿no lo sabes, Pablo?, y la de Neruda que decía no, huevón, no lo sé, y la de Farewell que se reía y me miraba, una mirada cómplice y fresca, como si me dijera sea usted poeta si eso es lo que quiere, pero escriba crítica literaria y lea, hurgue, lea, hurgue, y la de Neruda que decía ¿me lo vas a decir o no me lo vas a decir?, y la de Farewell que enumeraba unos versos de la *Divina Comedia*, y la de Neruda que recitaba otros versos de la *Divina Comedia* pero que no tenían nada que ver con Sordello, ¿y Blacatz?, una invitación al canibalismo, el corazón de Blacatz que todos deberíamos degustar, y luego Neruda y Farewell se abrazaron y recitaron a dúo unos versos de Rubén Darío, mientras el joven nerudiano y yo aseverábamos que Neruda era nuestro mejor poeta y Farewell nuestro mejor crítico literario y los brindis se duplicaban una y otra vez. Sordello, ¿qué Sordello?, Sordel, Sordello, ¿qué Sordello? Durante todo el fin de semana esa musiquilla me siguió adondequiera que fuese, leve y vivificante, alada y curiosa. La primera noche en *Là-bas* dormí como un angelito. La segunda noche estuve leyendo hasta tarde una *Historia de la Literatura Italiana de los siglos XIII, XIV y XV*. El domingo por la mañana aparecieron dos autos con más invitados. Todos conocían a Neruda y a Farewell e incluso al joven nerudiano, menos a mí, por lo que aproveché ese instante de efusiones ajenas para perderme con un libro por el bosque que se alzaba a la izquierda de la casa principal del fundo. Al otro lado, pero sin abandonar el linde del bosque, desde una suerte de altozano, se contemplaban los viñedos de Farewell y sus tierras de barbecho y sus tierras en donde crecía el trigo o la cebada. Por un sendero que caracoleaba entre potreros, distinguí a dos campesinos con chupallas de paja que se perdieron bajo unos sauces. Más allá de los sauces había árboles de gran altura que parecían taladrar el cielo celeste y sin nubes. Y más allá todavía destacaban las grandes montañas. Recé un padrenuestro. Cerré los ojos. Más no podía pedir. Si acaso, el rumor de un río. El canto del agua pura sobre las lajas. Cuando rehíce el camino a través del bosque aún resonaba en mis oídos el Sordel, Sordello, ¿qué Sordello?, pero algo en el interior del bosque enturbiaba la evocación musical y entusiasta. Salí por el lado equivocado. No estaba enfrente de la casa principal sino de unos huertos que parecían dejados de la mano de Dios. Escuché, sin sorpresa, el ladrido de unos perros que no vi y al cruzar los huertos, donde bajo la sombra protectora de unos paltos se cultivaba toda clase de frutos y verduras dignas de un Archimboldo, distinguí a un niño y a una niña que cual Adán y Eva se afanaban desnudos a lo largo de un surco de tierra. El niño me miró: una ristra de mocos le colgaba de la nariz al pecho. Aparté rápidamente la mirada pero no pude desterrar unas náuseas inmensas. Me sentí caer en el vacío, un vacío intestinal, un vacío hecho de estómagos y de entrañas. Cuando por fin pude controlar las arcadas el niño y la niña habían desaparecido. Después llegué a una especie de gallinero. Pese a que el sol aún estaba alto vi a todas las gallinas durmiendo sobre sus palos sucios. Volví a oír el ladrido de los perros y el rumor de un cuerpo más o menos voluminoso que se introducía a la fuerza en el ramaje. Lo achaqué al viento. Más allá había un establo y una cochiquera. Los rodeé. Al otro lado se erguía una araucaria. ¿Qué hacía allí un árbol tan majestuoso y bello? La gracia de Dios lo ha colocado aquí, me dije. Me apoyé en la araucaria y respiré. Así permanecí un rato hasta que oí voces muy lejanas. Avancé en la seguridad de que esas voces eran las de Farewell, Neruda y sus amigos que me buscaban. Crucé un canal por el que se arrastraba un agua fangosa. Vi ortigas y toda clase de malas hierbas y vi piedras puestas aparentemente al dictado del azar pero cuyo trazo respondía a una voluntad humana. ¿Quién había dispuesto esas piedras de esa manera?, me pregunté. Imaginé a un niño vestido con un suéter raído, hecho de lana de oveja, demasiado grande para él, moviéndose pensativo en la inmensa soledad que precede a los anocheceres del campo. Imaginé una rata. Imaginé un jabalí. Imaginé un vultúrido muerto en un pequeño valle no hollado por persona. La certidumbre de esa soledad absoluta siguió inmaculada. Más allá del canal, colgando de cáñamos trenzados de árbol en árbol, vi ropa recién lavada que el viento movía esparciendo alrededor un aroma de jabón barato. Aparté las sábanas y las camisas y lo que vi, a unos treinta metros de distancia, fue a dos mujeres y a tres hombres, enhiestos en un imperfecto semicírculo, con las manos tapando sus caras. Eso hacían. Parecía imposible, pero eso era lo que hacían. ¡Se cubrían las caras! Y aunque el gesto duró poco y al verme tres de ellos echaron a andar hacia mí, la visión (y todo lo que ella conllevaba), pese a su brevedad, consiguió alterar mi equilibrio mental y físico, el feliz equilibrio que minutos antes me había obsequiado la contemplación de la naturaleza. Recuerdo que retrocedí. Me enredé en una sábana. Di un par de manotazos y me habría caído de espaldas si no llega a ser porque uno de los campesinos me aferró por la muñeca. Ensayé una mueca perpleja de agradecimiento. Eso es lo que guardo en la memoria. Mi sonrisa tímida, mis dientes tímidos, mi voz que rompía el silencio del campo para dar gracias. Las dos mujeres me preguntaron si me sentía mal. ¿Cómo se siente, padrecito?, dijeron. Y yo me maravillé de ser reconocido, pues las dos únicas campesinas que yo había visto eran las del primer día, y éstas no eran aquéllas. Tampoco iba vestido con mi sotana. Pero las noticias vuelan y estas mujeres, que no trabajaban en *Là-bas* sino en un fundo vecino, sabían de mi presencia y hasta es posible que hubieran acudido al fundo de Farewell con la expectativa de una misa, algo que Farewell hubiera podido promover sin mayores inconvenientes, pues el fundo contaba con una capilla, pero que a Farewell no se le pasó por la cabeza, claro está, en gran medida porque el invitado de honor era Neruda, que se jactaba de ser ateo (cosa que yo dudo), y porque el pretexto del fin de semana era literario y no religioso, algo en lo que yo estaba completamente de acuerdo. Pero lo cierto es que esas mujeres habían caminado por los potreros y por los mínimos senderos y habían bordeado los campos sembrados para verme. Y allí estaba yo. Y ellas me vieron y yo las vi. ¿Y qué fue lo que vi? Ojeras. Labios partidos. Pómulos brillantes. Una paciencia que no me pareció resignación cristiana. Una paciencia como venida de otras latitudes. Una paciencia que no era chilena aunque aquellas mujeres fueran chilenas. Una paciencia que no se había gestado en nuestro país ni en América y que ni siquiera era una paciencia europea, ni asiática ni africana (aunque estas dos últimas culturas me son prácticamente desconocidas). Una paciencia como venida del expacio exterior. Y esa paciencia a punto estuvo de colmar mi paciencia. Y sus palabras, sus murmullos, se extendieron por el campo, por los árboles movidos por el viento, por los hierbajos movidos por el viento, por los frutos de la tierra movidos por el viento. Y yo cada vez me sentía más impaciente, pues en la casa principal me esperaban y tal vez alguien, Farewell u otro, se estaría preguntando por las razones de mi ya prolongada ausencia. Y las mujeres sólo sonreían o adoptaban gestos de adustez o de fingida sorpresa, sus rostros antes inexpresivos iban del misterio a la iluminación, se contraían en interrogantes mudas o se expandían en exclamaciones sin palabras, mientras los dos hombres que habían quedado atrás procedían a marcharse, pero no en línea recta, no enfilando hacia las montañas, sino en zigzag, hablando entre sí, señalando de tanto en tanto indiscernibles puntos de la campiña, como si también en ellos la naturaleza activara observaciones singulares dignas de ser expresadas en voz alta. Y el hombre que había acompañado a las mujeres a mi encuentro, aquel cuya zarpa me había sujetado de la muñeca, permaneció sin moverse, apartado unos cuatro metros de las mujeres y de mí, pero giró la cabeza y siguió con la mirada el derrotero de sus compañeros, como si de pronto le interesara sobremanera aquello que los otros hacían o veían, aguzando la mirada para no perderse ni un solo detalle. Recuerdo que me fijé en su rostro. Recuerdo que bebí su rostro hasta la última gota intentando dilucidar el carácter, la psicología de semejante individuo. Lo único que queda de él en mi memoria, sin embargo, es el recuerdo de su fealdad. Era feo y tenía el cuello extremadamente corto. En realidad, todos eran feos. Las campesinas eran feas y sus palabras incoherentes. El campesino quieto era feo y su inmovilidad incoherente. Los campesinos que se alejaban eran feos y su singladura en zigzag incoherente. Que Dios me perdone y los perdone. Almas perdidas en el desierto. Les di la espalda y me marché. Les sonreí, les dije algo, les pregunté cómo se llegaba a la casa principal de *Là-bas* y me marché. Una de las mujeres quiso acompañarme. Me negué. La mujer insistió, yo lo convoyo, padrecito, dijo, y el verbo convoyar, dicho por tales labios, me provocó una hilaridad que recorrió todo mi cuerpo. ¿Tú me convoyas, hija?, le pregunté. Yo misma, dijo. O: yo mesma. O algo que el viento de finales de la década de los cincuenta aún empuja por los recovecos interminables de alguna memoria que no es la mía. En cualquier caso me estremecí de risa, tuve escalofríos de risa. No es necesario, dije. Ya basta, dije. Suficiente por hoy, dije. Y les di la espalda y me marché con energía, a buen paso, moviendo los brazos y con una sonrisa que nada más trasponer la frontera de la ropa tendida se transformó en franca risa, así como el paso se transformó en un trote con una ligera reminiscencia marcial. En el jardín de *Là-bas*, junto a una pérgola de madera noble, los invitados de Farewell escuchaban recitar a Neruda. En silencio, me puse junto a su joven discípulo, que fumaba con aire displicente y reconcentrado mientras las palabras del perínclito raspaban las variadas cortezas de la tierra o se elevaban hasta los travesaños tallados de la pérgola y más allá, hasta las nubes baudelairianas que recorrían de una en una los despejados cielos de la patria. A las seis de la tarde partí de aquella mi primera visita a *Là-bas*. El automóvil de uno de los invitados de Farewell me llevó hasta Chillán, con el tiempo justo para tomar el tren que me devolvió a Santiago. Mi bautismo en el mundo de las letras había concluido. ¡Cuántas imágenes a menudo contradictorias se instalaron en las noches posteriores, durante las reflexiones y los desvelos! A menudo veía la silueta de Farewell, negra y rotunda, recortada en el quicio de una puerta muy grande. Tenía las manos en los bolsillos y parecía observar con detenimiento el paso del tiempo. También veía a Farewell sentado en un sillón de su club, con las piernas cruzadas, hablando de la inmortalidad literaria. Ah, la inmortalidad literaria. Otras veces discernía a un grupo de figuras cogidas por la cintura, como si bailaran la conga, desplazarse a lo largo y ancho de un salón cuyas paredes estaban atiborradas de cuadros. Baile, padre, me decía alguien a quien no veía. No puedo, respondía, los votos no me lo permiten. Yo tenía un cuadernillo en una mano y con la otra escribía un esbozo de reseña literaria. El libro se llamaba *El paso del tiempo*. El paso del tiempo, el paso del tiempo, el crujidero de los años, el despeñadero de las ilusiones, la quebrada mortal de los afanes de todo tipo menos del afán de la supervivencia. La serpiente sincopada de la conga indefectiblemente se acercaba a mi rincón, moviendo y levantando al unísono primero la pierna izquierda, luego la derecha, luego la izquierda, luego la derecha, y entonces yo distinguía a Farewell entre los danzantes, a Farewell que asía por la cintura a una señora de la mejor sociedad chilena de aquellos años, una señora de apellido vasco que desgraciadamente he olvidado, mientras él, a su vez, era asido por la cintura por un anciano cuyo cuerpo estaba a punto de desmoronarse, un viejo más muerto que vivo pero que sonreía a diestra y siniestra y que parecía disfrutar de la conga como el que más. Otras veces volvían las imágenes de mi infancia y de mi adolescencia y veía la sombra de mi padre escurriéndose por los corredores de la casa como si fuera una comadreja o un hurón o más apropiadamente una anguila encerrada en un poco adecuado recipiente. Toda conversación, todo diálogo, decía una voz, está vedado. A veces me interrogaba por la naturaleza de esa voz. ¿Era la voz de un ángel? ¿Era la voz de mi ángel de la guarda? ¿Era la voz de un demonio? No tardé mucho en descubrir que era mi propia voz, la voz de mi superego que conducía mi sueño como un piloto de nervios de acero, era el superyó que conducía un camión frigorífico por en medio de una carretera en llamas, mientras el ello gemía y hablaba en una jerga que parecía micénico. Mi ego, por supuesto, dormía. Dormía y laboraba. Por aquella época empecé a trabajar en la Universidad Católica. Por aquella época empecé a publicar mis primeros poemas y luego mis primeras críticas de libros, mis apuntes de la vida literaria de Santiago. Me apoyo en un codo, estiro el cuello y recuerdo. Enrique Lihn, el más brillante de su generación, Giacone, Uribe Arce, Jorge Teillier, Efraín Barquero, Delia Domínguez, Carlos de Rokha, la juventud dorada. Todos o casi todos bajo el influjo de Neruda salvo unos pocos que cayeron bajo el influjo o más bien el magisterio de Nicanor Parra. Y recuerdo también a Rosamel del Valle. Lo conocí, claro. Hice críticas de todos ellos: de Rosamel, de Díaz Casanueva, de Braulio Arenas y de sus compañeros de La Mandrágora, de Teillier y de los jóvenes poetas que venían del sur lluvioso, de los narradores del cincuenta, de Donoso, de Edwards, de Lafourcade. Todos buenas personas, todos espléndidos escritores. De Gonzalo Rojas, de Anguita. Hice críticas de Manuel Rojas y hablé de Juan Emar y de María Luisa Bombal y de Marta Brunet. Y firmé estudios y exégesis sobre la obra de Blest Gana y Augusto D'Halmar y Salvador Reyes. Y tomé la decisión, o tal vez lo decidí antes, probablemente antes, todo en esta hora es vago y confuso, de que debía adquirir un seudónimo para mis labores críticas y mantener mi nombre verdadero para mis entregas poéticas. Y entonces adopté el nombre de H. Ibacache. Y poco a poco H.

Ibacache fue siendo más conocido que Sebastián Urrutia Lacroix, para mi sorpresa y también para mi satisfacción, pues Urrutia Lacroix planeaba una obra poética para el futuro, una obra de ambición canónica que iba a cristalizar únicamente con el paso de los años, en una métrica que ya nadie en Chile practicaba, ¡qué digo!, que nunca nadie jamás había practicado en Chile, mientras Ibacache leía y explicaba en voz alta sus lecturas tal como antes lo había hecho Farewell, en un esfuerzo dilucidador de nuestra literatura, en un esfuerzo razonable, en un esfuerzo civilizador, en un esfuerzo de tono comedido y conciliador, como un humilde faro en la costa de la muerte. Y esa pureza, esa pureza revestida con el tono menor de Ibacache, pero no por ello menos admirable, pues Ibacache era sin duda, entre líneas u observado en su conjunto, un ejercicio vivo de despojamiento y de racionalidad, es decir de valor cívico, sería capaz de iluminar con una fuerza mucho mayor que cualquier otra estratagema la obra de Urrutia Lacroix que se estaba gestando verso a verso, en la diamantina pureza de su doble. Y hablando de pureza o a propósito de la pureza, una tarde, en casa de don Salvador Reyes, con otros cinco o seis invitados, entre los que se encontraba Farewell, don Salvador dijo que uno de los hombres más puros que había conocido en Europa era el escritor alemán Ernst Jünger. Y Farewell, que conocía la historia seguramente, pero que quería que yo la oyera de boca de don Salvador, le pidió que explicara cómo había conocido a Jünger y en qué circunstan-

cias, y don Salvador tomó asiento en un sillón con or-
las de oro y dijo que aquello había sucedido hacía
mucho tiempo, en París, durante la Segunda Guerra
Mundial, cuando él estaba destinado en la embajada
chilena. Y entonces habló de una fiesta, no sé ahora si
en la embajada chilena o en la alemana o en la italiana, y habló de una mujer muy hermosa que le preguntó si quería ser presentado al notable escritor alemán. Y don Salvador, que por aquellas fechas calculo
que tenía menos de cincuenta años, es decir que era
bastante más joven y vigoroso de lo que soy yo ahora,
dijo que sí, que encantado, preséntemelo no más,
Giovanna, y la italiana, la duquesa o condesa italiana
que tan bien quería a nuestro escritor y diplomático,
lo guió a través de varios salones, cada salón se abría a
otro salón, como rosas místicas, y en el último salón
había un grupo de oficiales de la Wehrmacht y varios
civiles y el centro de atención de toda esta gente era el
capitán Jünger, el héroe de la Primera Guerra Mundial, el autor de *Tempestades de acero* y *Juegos africanos*
y *Sobre los acantilados de mármol* y *Heliópolis*, y tras
escuchar algunos axiomas del gran escritor alemán la
princesa italiana procedió a presentarle al escritor y
diplomático chileno, con el que intercambiaron opi-
niones en francés, por supuesto, y luego Jünger, en un
arranque de cordialidad, le preguntó a nuestro escritor si era posible encontrar alguna obra suya en francés, a lo que el chileno respondió raudo y veloz de
forma afirmativa, por supuesto, había un libro suyo
traducido al francés, si Jünger deseaba leerlo él ten-

dría mucho placer obsequiándoselo, a lo que Jünger
respondió con una sonrisa de satisfacción y ambos se
intercambiaron sus tarjetas y fijaron una fecha para
cenar juntos o para comer o para desayunar pues Jünger tenía una agenda llena de compromisos irrecusa-
bles, amén de los imprevistos que surgían cada día y
que trastocaban irremediablemente cualquier com-
promiso previamente adquirido, al menos fijaron una
fecha tentativa para tomar once, una once chilena,
dijo don Salvador, para que Jünger supiera lo que era
bueno, pues, para que Jünger no se fuera a hacer una
idea de que aquí todavía andábamos con plumas, y
luego don Salvador se despidió de Jünger y se fue con
la condesa o duquesa o princesa italiana atravesando
otra vez los salones intercomunicados como la rosa
mística que abre sus pétalos hacia una rosa mística
que abre sus pétalos hacia otra rosa mística y así hasta
el final de los tiempos, hablando en italiano de Dante
y de las mujeres de Dante, pero para el caso, quiero
decir, para la sustancia de la conversación, lo mismo
hubiera dado que hablaran de D'Annunzio y de sus
putas. Y unos días después don Salvador se encontró
con Jünger en la buhardilla de un pintor guatelmate-
co que no había podido salir de París tras la ocupa-
ción y al que don Salvador visitaba esporádicamente
llevándole en cada visita las viandas más variadas, pan
y paté, una botellita de Burdeos, un kilo de espaguetis
envueltos en papel de estraza, té y azúcar, arroz y acei-
te y cigarrillos, lo que podía encontrar en la cocina de
la embajada o en el mercado negro, y este pintor gua-

temalteco sometido a la caridad de nuestro escritor nunca le daba las gracias, así don Salvador apareciese con una lata de caviar y mermelada de ciruelas y champán, nunca le decía gracias, Salvador o gracias, don Salvador, incluso en una ocasión nuestro egregio diplomático llevó consigo, durante una de las visitas, una de sus novelas, una novela que tenía pensado regalar a otra persona cuyo nombre es mejor mantener en un discreto silencio, pues esta persona estaba casada, y al ver tan alicaído al pintor guatemalteco decidió regalarle o prestarle a él la novela, y cuando volvió a visitarlo, un mes después, la novela, su novela, estaba sobre la misma mesa o silla donde la había dejado, y al preguntarle al pintor si le había desagradado o por el contrario había hallado en sus páginas solaz esparcimiento, éste le había respondido, apocado y a disgusto como parecía estar siempre, que no la había leído, a lo que don Salvador dijo, con el desánimo propio de los autores (al menos de los autores chilenos y argentinos) que se ven en una situación así: entonces no te ha gustado, hombre; a lo que el guatemalteco le había respondido que ni le había gustado ni disgustado, que simplemente no la había leído, y entonces don Salvador cogió su novela y pudo apreciar en la tapa la capa de polvo que se deposita en los libros (¡en las cosas!) cuando no son usados, y supo en ese instante que el guatemalteco decía razón y no se lo tuvo en cuenta, aunque tardó en aparecerse por la buhardilla al menos dos meses. Y cuando volvió a aparecer el pintor estaba más flaco que nunca, como

40

si durante esos dos meses no hubiera probado bocado, como si quisiera dejarse morir contemplando desde su ventana el plano urbano de París, aquejado por lo que entonces algunos facultativos llamaban melancolía y hoy se llama anorexia, una enfermedad que padecen mayoritariamente las jovencitas, las lolitas que el viento espejeante lleva y trae por las calles imaginarias de Santiago, pero que en aquellos años y en aquella ciudad sometida a la voluntad germánica padecían los pintores guatemaltecos que vivían en oscuras y empinadas buhardillas, y que no recibía el nombre de anorexia sino el de melancolía, *morbus melancholicus,* el mal que ataca a los pusilánimes, y entonces don Salvador Reyes o acaso Farewell, pero si fue Farewell fue mucho después, recordaron el libro de Robert Burton, *Anatomía de la melancolía,* donde se dicen cosas tan acertadas de este mal, y tal vez en ese momento todos los allí presentes callamos y dedicamos un minuto de silencio a aquellos que sucumbieron bajo los influjos de la bilis negra, esta bilis negra que hoy me corroe y me hace flojo y me pone al borde de las lágrimas al escuchar las palabras del joven envejecido, y cuando callamos fue como si compusiéramos en estrecha alianza con el azar un cuadro que parecía extraído de una película del cine mudo, una pantalla blanca, tubos de ensayo y retortas, y película quemada, quemada, quemada, y entonces don Salvador habló de Schelling (a quien no había leído jamás, según Farewell), que hablaba de la melancolía como ansia de infinito —*Sehnsucht*—, y relató intervenciones

de neurocirugía en donde al paciente se le secciona-
ban fibras nerviosas que unen el tálamo a la corteza
cerebral del lóbulo frontal, y luego volvió a hablar del
pintor guatemalteco, cenceño, acartonado, raquítico,
chupado, escuchimizado, magro, macilento, depaupe-
rado, consumido, feble, afilado, en una palabra, del-
gadísimo, a tal grado que don Salvador se asustó,
pensó hasta aquí llegaste, fulanito o menganito o como
se llamara el centroamericano, y su primer impulso,
como buen chileno, fue invitarlo a cenar o a tomar
once, pero el guatemalteco se negó aduciendo que le
daba no sé qué bajar a la calle a esas horas, y nuestro
diplomático puso el grito en el cielo o en el cielorraso
y le preguntó desde cuándo no comía, y el guatemalteco le dijo que hacía poco había comido, ¿cuándo es
hace poco?, no lo recordaba, y don Salvador sí que recordaba un detalle y el detalle es éste: que cuando él
dejó de hablar y puso las escasas viandas que había
traído en un aparador junto al hornillo, es decir,
cuando el silencio volvió a reinar en la buhardilla del
guatemalteco y la presencia de don Salvador se hizo
leve, ocupado en ordenar la comida u ocupado en mirar por centésima vez los lienzos del guatemalteco que
colgaban de las paredes u ocupado en estar sentado y
pensando y fumando mientras dejaba pasar el tiempo
con una voluntad (y con una indiferencia) que sólo
aquellos que han pasado largo tiempo en el servicio
diplomático o en el Ministerio de Relaciones Exterio-
res poseen, el guatemalteco se sentó en la otra silla,
puesta ex profeso al lado de la única ventana, y mien-

tras don Salvador perdía el tiempo sentado en la silla del fondo mirando el paisaje móvil de su propia alma, el guatemalteco melancólico y raquítico perdía el tiempo mirando el paisaje repetido e insólito de París. Y cuando los ojos de nuestro escritor descubrieron la línea transparente, el punto de fuga hacia el que convergía o del que divergía la mirada del guatemalteco, bueno, bueno, entonces por su alma pasó la sombra de un escalofrío, el deseo inmediato de cerrar los ojos, de dejar de mirar a aquel ser que miraba el crepúsculo tremolante de París, el impulso de huir o de abrazarlo, el deseo (que encubría una ambición razonada) de preguntarle qué era lo que veía y acto seguido apropiárselo y al mismo tiempo el miedo de oír aquello que no se puede oír, las palabras esenciales que no podemos escuchar y que con casi toda probabilidad no se pueden pronunciar. Y fue allí, en esa buhardilla, por puro azar, donde Salvador Reyes se encontró tiempo después con Ernst Jünger, quien había acudido a visitar al guatemalteco impelido por su fino olfato y sobre todo por su inagotable curiosidad. Y cuando don Salvador traspuso el umbral de la vivienda del centroamericano lo primero que vio fue a Jünger embutido en su uniforme de oficial de la Whermacht, abstraído en el estudio de un cuadro de dos metros por dos, un óleo que don Salvador había visto innumerables veces, y que llevaba el curioso título de *Paisaje de Ciudad de México una hora antes del amanecer,* un cuadro de insoslayable influencia surrealista, movimiento al cual el guatemalteco se había adscrito con más voluntad que éxito, sin gozar jamás de la bendición oficial de los celebrantes de la orden de Breton, y en el cual se advertía una cierta lectura marginal de algunos paisajistas italianos así como una querencia, muy propia por otra parte de centroamericanos extravagantes e hipersensibles, de los simbolistas franceses, Redon o Moreau. El cuadro mostraba la Ciudad de México vista desde una colina o tal vez desde el balcón de un edificio alto. Predominaban los verdes y los grises. Algunos barrios parecían olas. Otros barrios parecían negativos de fotografías. No se percibían figuras humanas pero sí, aquí y allá, esqueletos difuminados que podían ser tanto de personas como de animales. Cuando Jünger vio a don Salvador una ligerísima expresión de sorpresa, seguida de una expresión de alegría igual de leve, cruzó su rostro. Por supuesto, se saludaron con efusión e intercambiaron las preguntas de rigor. Luego Jünger se puso a hablar de pintura. Don Salvador le preguntó por el arte alemán, que desconocía. Tuvo la impresión de que a Jünger sólo le interesaba de verdad Durero, por lo que durante un rato se dedicaron a hablar sólo de Durero. El entusiasmo de ambos fue in crescendo. De pronto don Salvador se dio cuenta de que desde que había llegado no había cruzado ni una sola palabra con el anfitrión. Lo buscó mientras una pequeña señal de alarma empezaba a crecer en su interior. Cuando le preguntamos qué señal de alarma era ésa, nos respondió que temió que el guatemalteco hubiera sido detenido por la policía francesa o, peor aún, por la Gestapo. Pero el guatemalteco estaba allí, sentado junto a la ventana, absorto (aunque la palabra no es absorto, la palabra nunca podrá ser absorto) en la contemplación fija de París. Con alivio, nuestro diplomático cambió de tema hábilmente y le preguntó a Jünger qué le parecían las obras del centroamericano silencioso. Jünger dijo que el pintor parecía estar sufriendo una anemia aguda y que sin duda lo que más le convenía era comer. En ese momento don Salvador se percató de que las viandas que había traído para el guatemalteco aún las tenía en las manos, un poco de té, un poco de azúcar, una hogaza de pan y medio kilo de un queso de cabra que a ningún chileno le gustaba y que había sustraído de la cocina de nuestra embajada. Jünger miraba la comida. Don Salvador se ruborizó y procedió a dejarla en las estanterías al tiempo que le anunciaba al guatemalteco que le había «traído algunas cositas». El guatemalteco, como de costumbre, ni le dio las gracias ni se volvió a ver de qué cositas se trataba. Durante unos segundos, recordó don Salvador, la situación no pudo ser más ridícula. Jünger y él de pie, sin saber qué decir, y el pintor centroamericano emperrado junto a la ventana, dándoles obstinadamente la espalda. Pero Jünger tenía una respuesta para cualquier situación y ante la desgana de su anfitrión procedió él mismo a hacerle los honores a don Salvador, acercando dos sillas y ofreciéndole a nuestro diplomático cigarrillos turcos, que al parecer guardaba únicamente para sus amigos o para situaciones ad hoc, pues él no fumó ninguno durante lo que restó de velada. Esa tarde, ajenos y lejanos al ajetreo y a las intromisiones a menudo indiscretas de los salones parisinos, el escritor chileno y el escritor alemán hablaron de todo cuanto quisieron, de lo humano y de lo divino, de la guerra y de la paz, de la pintura italiana y de la pintura nórdica, de la fuente del mal y de los efectos del mal que a veces parecen concatenados por el azar, de la flora y de la fauna de Chile, que Jünger parecía conocer gracias a la lectura de su compatriota Philippi, que supo ser alemán y chileno al mismo tiempo, acompañados por sendas tazas de té que don Salvador preparó él mismo (y que el guatemalteco, al ser preguntado si quería una, rechazó casi inaudiblemente), a la que siguieron dos vasos de coñac que escanciaron de la provisión que Jünger traía en su petaca de plata y que el guatemalteco esta vez no rechazó, lo que provocó al principio la sonrisa y luego la risa franca y distendida de ambos escritores y las ingeniosas bromas de rigor. Y luego, vuelto el guatemalteco a su ventana con su correspondiente ración de coñac, Jünger quiso saber, pues estaba interesado en aquel óleo, si el pintor había vivido mucho tiempo en la capital azteca y si tenía algo que decir sobre su estancia allí, a lo que el guatemalteco respondió que había estado en Ciudad de México una semana escasa y que sus recuerdos sobre esa ciudad eran indefinidos y casi sin contornos y que, además, el cuadro objeto de la atención o curiosidad del germano lo había pintado en París, muchos años después y casi sin pensar en México aunque sintiendo algo que el guatemalteco, a

falta de otra palabra mejor, llamaba sentimiento mexicano. Lo que le dio pie a Jünger para hablar sobre
los pozos ciegos de la memoria, aludiendo acaso a una
visión captada por el guatemalteco durante su breve
estancia en Ciudad de México y que no había aflora-
do hasta muchos años después, aunque don Salvador,
que a todo lo que decía el héroe germánico asentía,
pensó para sus adentros que tal vez no se trataba de
pozos ciegos repentinamente abiertos o en todo caso
no precisamente de esos pozos ciegos, y fue no más
pensar eso para que su cabeza empezara a zumbarle,
como si de ella escaparan cientos de colicolis o tábanos, visibles únicamente a través de una sensación de
calor y de mareo, pese a que la buhardilla del guatemalteco no era lo que se dice un lugar cálido, y los
colicolis volaban delante de sus párpados, transparen-
tes, como gotas de sudor con alas, haciendo el zumbi-
do característico de los tábanos, pues, o el sonido característico de los colicolis, que viene a ser lo mismo,
aunque en París no hay colicolis, y entonces don Salvador, mientras asentía una vez más, sin comprender
ya más que frases sueltas del discurso en francés que
Jünger le endosaba, atisbó o creyó atisbar una parte
de la verdad, y en esa parte mínima de la verdad el
guatemalteco estaba en París y la guerra había empezado o estaba a punto de empezar y el guatemalteco
ya había adquirido la costumbre de pasar largas horas
muertas (o agónicas) delante de su única ventana contemplando el panorama de París, y de esa contemplación había surgido el *Paisaje de Ciudad de México una*

hora antes del amanecer, de la contemplación insomne de París por parte del guatemalteco, y a su modo el cuadro era un altar de sacrificios humanos, y a su modo el cuadro era un gesto de soberano hastío, y a su modo el cuadro era la aceptación de una derrota, no la derrota de París ni la derrota de la cultura europea briosamente dispuesta a incinerarse a sí misma ni la derrota política de unos ideales que el pintor vagamente compartía, sino la derrota de él mismo, un guatemalteco sin fama ni fortuna pero dispuesto a labrarse un nombre en los cenáculos de la Ciudad Luz, y la lucidez con que el guatemalteco aceptaba su derrota, una lucidez que infería otras cosas que trascendían lo puramente particular y anecdótico, hizo que a nuestro diplomático se le erizacen los vellos de los brazos o que, como dice el vulgo, se le pusiera la carne de gallina. Y entonces don Salvador se bebió de un sorbo lo que restaba de su coñac y volvió a escuchar las palabras del alemán que durante todo ese rato había estado hablando solo, pues él, nuestro escritor, se había enredado en la telaraña de los pensamientos inútiles, y el guatemalteco, como era de esperar, yacía junto a su ventana consumiéndose en la repetida y estéril contemplación de París. Así que tras pescar con no mucha dificultad (o eso creyó él) el hilo de la arenga, don Salvador pudo meter baza en el despliegue teórico de Jünger, un despliegue que habría asustado incluso al mismísimo Pablo, de no haber estado atenuado por la modestia, por la carencia de ampulosidad con que el alemán exponía su credo de las bellas artes. Y después el oficial de la Whermacht y el diplomático chileno abandonaron juntos la buhardilla del pintor guatemalteco y mientras bajaban las interminables y empinadas escaleras hasta ganar la calle, Jünger dijo que no creía que el guatemalteco llegara vivo hasta el invierno siguiente, algo que sonaba raro proviniendo de sus labios, pues a nadie se le escapaba entonces que muchos miles de personas no iban a llegar vivas al invierno siguiente, la mayoría de ellas mucho más sanas que el guatemalteco, la mayoría más alegres, la mayoría con una disposición para la vida notablemente superior a la del guatemalteco, pero Jünger igual lo dijo, tal vez sin pensar, o manteniendo cada cosa en su estricto lugar, y don Salvador asintió una vez más, aunque él, a fuerza de visitar al pintor, no estaba tan seguro de que éste fuera a morirse, pero igual dijo que sí, que evidentemente, que por supuesto, o tal vez sólo carraspeó el hum hum de los diplomáticos que puede significar cualquier cosa o su contrario. Y poco después Ernst Jünger fue a cenar a casa de Salvador Reyes y esta vez los coñacs fueron vertidos en copas de coñac y se habló de literatura sentados en cómodos sillones y la cena fue, digamos, equilibrada, tal como debe ser una cena en París, tanto en el aspecto gastronómico como intelectual, y al marcharse el alemán don Salvador le obsequió uno de sus libros traducidos al francés, tal vez el único, no lo sé, según el joven envejecido de don Salvador Reyes nadie en París guarda el más mínimo recuerdo, lo debe de decir para molestarme, puede que ya nadie se acuerde de

Salvador Reyes en París, en Chile pocos, en efecto, lo recuerdan y menos aún lo leen, pero eso no viene al caso, lo que viene al caso es que al marcharse de la residencia de Salvador Reyes el alemán llevaba en el bolsillo de su terno un libro de nuestro escritor, y de que luego leyó el libro no hay duda, pues habla de él en sus memorias, y no habla mal. Y eso es todo lo que nos contó Salvador Reyes de sus años en París durante la Segunda Guerra Mundial. Y hay una cosa cierta y que debería enorgullecernos: de ningún chileno habla Jünger en sus memorias, salvo de Salvador Reyes. Ningún chileno asoma su temblorosa nariz en la obra escrita de ese alemán, salvo don Salvador Reyes. Ningún chileno existe, como ser humano y como autor de un libro, en aquellos años oscuros y ricos de Jünger, salvo don Salvador Reyes. Y aquella noche, mientras me alejaba de la casa de nuestro narrador y diplomático caminando por una calle bordeada de tilos, en compañía de la intemperante sombra de Farewell, tuve una visión donde el donaire se vertía a raudales, bruñido como el sueño de los héroes, y como era joven e impulsivo se lo comuniqué de inmediato a Farewell, que sólo pensaba en llegar pronto a un restaurante cuyo cocinero le había sido ponderado, y yo le dije a Farewell que por un instante me había visto, allí, mientras caminábamos por esa tranquila calle bordeada de tilos, escribiendo un poema en donde se cantaba la presencia o la sombra áurea de un escritor dormido en el interior de una nave espacial, como un pajarito en un nido de hierros humeantes y retorcidos, y que ese escritor que emprendía el viaje a la inmortalidad era Jünger, y que la nave se había estrellado en la cordillera de Los Andes, y que el cuerpo impoluto del héroe sería conservado entre los hierros por las nieves eternas, y que la escritura de los héroes y, por extensión, los amanuenses de la escritura de los héroes, eran en sí mismos un canto, un canto de alabanza a Dios y a la civilización. Y Farewell, que apretaba el paso en la medida de sus posibilidades pues cada vez tenía más hambre, me miró por encima del hombro como se mira a un boquirrubio y me obsequió una sonrisa burlona. Y me dijo que probablemente las palabras de Salvador Reyes me habían impresionado. Mala cosa. Querer es bueno. Impresionarse es malo. Eso dijo Farewell sin detenerse en ningún momento. Y después me dijo que sobre el tema de los héroes había mucha literatura. Tanta como para que dos personas de gustos e ideas diametralmente opuestas pudieran escoger con los ojos cerrados sin tener jamás la posibilidad de coincidir en algo. Y luego se calló, como si el esfuerzo de la caminata lo estuviera matando, y al cabo de un rato dijo: chitas que tengo hambre, una expresión que yo jamás se la había oído antes y que jamás volví a oírsela después, y ya no dijo nada más hasta que estuvimos sentados a la mesa de un restaurante más bien tirando a roteque, en donde, mientras procedía a engullirse una variada y rica pitanza chilena, me contó la historia de la Colina de los Héroes o Heldenberg, una colina que se encuentra en alguna parte de la Europa central, puede que en Austria o en Hungría. En mi ingenuidad pensé que la historia que Farewell me iba a contar algo tenía que ver con Jünger o con lo que yo previamente le había dicho, llevado por el entusiasmo, sobre Jünger y sobre la nave estrellada en la cordillera y sobre el viaje a la inmortalidad de los héroes, que viajan únicamente abrigados con sus escritos. Pero lo que Farewell me contó fue la historia de un zapatero, un zapatero que era súbdito del emperador austrohúngaro, un comerciante que había hecho su fortuna importando zapatos de una parte para venderlos en otra y luego fabricando zapatos en Viena para venderlos a los elegantes de Viena y Budapest y Praga y también a los elegantes de Munich y de Zurich y a los elegantes de Sofía y Belgrado y Zagreb y Bucarest. Un hombre de negocios que había empezado con poco, tal vez una empresa familiar de singladura errática, y que él había consolidado y expandido y afamado, pues los zapatos de este fabricante eran apreciados por todos aquellos que los usaban, destacando su exquisito gusto y también su extrema comodidad, pues se trataba básicamente de eso, la conjugación de belleza y comodidad, unos zapatos, y también botas y botines y bototos e incluso pantuflas y chinelas, enormemente llevaderos y duraderos, en una palabra, que uno podía confiar en que esos zapatos no lo iban a dejar botado en medio del camino, algo que siempre se agradece, uno podía confiar en que esos zapatos no le iban a producir callosidades o no iban a agravar las callosidades ya existentes, lo que los asiduos al pedicuro no toman a chacota ciertamente, unos zapatos, en fin, cuyo nombre y marca eran garantía de distinción y confort. Y el zapatero en cuestión, el zapatero de Viena, tenía entre sus clientes al mismísimo emperador del Imperio Austrohúngaro, y era invitado, o se hacía invitar y lo conseguía, a algunas recepciones en donde a veces acudía el Emperador y sus ministros y los mariscales o generales del Imperio que llegaban, más de uno, calzados con las botas de montar o con los zapatos de calle del zapatero, y que no le denegaban a éste algún aparte en donde se solían cruzar frases intrascendentes pero amables siempre, reservadas y discretas pero teñidas con esa suave, casi imperceptible, melancolía de palacio de otoño, que era la melancolía de los austrohúngaros, según Farewell, mientras que la melancolía rusa, por ejemplo, era la de los palacios de invierno, o la de los españoles, y en esta apreciación creo que Farewell exageraba, la de los palacios de verano y los incendios, y el zapatero, impelido según algunos por estas deferencias, impelido según otros por trastornos bien distintos, empezó a acariciar y a dejar germinar y a cultivar con esmero una idea que, cuando tuvo lista, no tardó en exponerle al Emperador en persona, aunque para ello tuvo que poner en juego a la totalidad de sus amistades en el círculo imperial y en el círculo militar y en el círculo político. Y cuando hubo movido todas las palancas empezaron a abrirse las puertas y el zapatero traspuso umbrales y antesalas e ingresó en salones cada vez más majestuosos y oscuros, aunque de una oscuridad satinada, una oscuridad regia,

53

en donde las pisadas no resonaban, primero por la calidad y el grosor de las alfombras y segundo por la calidad y flexibilidad de los zapatos, y en la última cámara a la que fue conducido estaba sentado en una silla de lo más corriente el Emperador, junto a algunos de sus consejeros, y aunque estos últimos lo estudiaron con ceño adusto e incluso perplejo, como si se preguntaran qué se le ha perdido a éste, qué mosca tropical lo ha picado, qué loco anhelo se ha instalado en el espíritu del zapatero para solicitar y obtener una audiencia con el soberano de todos los austrohúngaros, el Emperador, por el contrario, lo recibió con palabras llenas de cariño, como un padre recibe a su hijo, recordando los zapatos de la casa Lefebvre de Lyon, buenos pero inferiores a los zapatos de su dilecto amigo, y los zapatos de la casa Duncan & Segal de Londres, excelentes pero inferiores a los zapatos de su fiel súbdito, y los zapatos de la casa Niederle de un pueblito alemán cuyo nombre el Emperador no recordaba (Fürth, lo ayudó el zapatero), comodísimos pero inferiores a los zapatos de su emprendedor compatriota, y después hablaron de caza y de botas de caza y botas de montar y distintos tipos de piel y de los zapatos de las damas, aunque llegado a este punto el Emperador optó velozmente por autocensurarse diciendo caballeros, caballeros, un poco de discreción, como si hubieran sido sus consejeros quienes hubieran sacado el tema a colación y no él, pecadillo que los consejeros y el zapatero admitieron con jocosidad, autoinculpándose sin trabas, hasta que finalmente llegaron al meollo de la audiencia, y mientras todos se servían otra taza de té o café o volvían a llenar sus copas de coñac le llegó el turno al zapatero y éste, llenándose los pulmones de aire, con la emoción que el instante imponía y moviendo las manos como si acariciara la corola de una flor inexistente pero posible de imaginar, es decir probable, le explicó a su soberano cuál era su idea. Y la idea era Heldenberg o la Colina de los Héroes. Una colina situada en un valle que él conocía, entre tal pueblo y tal pueblo, una colina de formación calcárea, con robles y alerces en las faldas y matorrales de toda clase en las zonas altas y más riscosas, de color verde y negro, aunque en primavera podían apreciarse colores dignos de la paleta del más exuberante de los pintores, una colina que alegraba la vista si era contemplada desde el valle y que daba mucho que pensar si era contemplada desde las zonas altas que circundaban el valle, una colina que parecía un trozo de otro mundo puesto allí como recordatorio para los hombres, para el recogimiento de los corazones, para solaz del alma, para la alegría de los sentidos. La colina, por desgracia, tenía un dueño, el conde de H, un latifundista de la región, pero el zapatero ya había solventado ese problema hablando con el conde, al principio renuente a la venta de un fragmento improductivo de su propiedad, por pura obstinación de propietario, según contó el zapatero sonriendo con comedimiento, como si entendiera al pobre conde, pero finalmente, y tras ofrecerle una suma considerable, éste estaba dispuesto a vender. La idea del zapatero era, pues, comprar la colina y consagrarla como monumento a los héroes del Imperio. No sólo a los héroes del pasado y a los héroes del presente, sino también a los héroes del futuro. Es decir la colina debía funcionar como camposanto y como museo. ¿De qué forma como museo? Pues erigiendo una estatua, de tamaño natural, a cada héroe habido en las tierras del Imperio e incluso, pero sólo en casos muy especiales, a algunos héroes foráneos. ¿De qué forma como camposanto? Bueno, eso era fácil de entender: enterrando allí a los héroes de la patria, una decisión que recaería en la virtud de una comisión de militares y de historiadores y de hombres de leyes y cuya última palabra la tendría siempre el Emperador. De tal forma en la colina reposarían para siempre los héroes del pasado, cuyos esqueletos, o cenizas más bien, era prácticamente imposible de localizar, bajo la forma de estatuas que se ceñirían a lo que los historiadores o las leyendas o la tradición oral o las novelas decían de sus características físicas, y los héroes recientes o futuros, cuyos cuerpos, por decirlo así, estaban al alcance de la mano de los funcionarios del reino. ¿Qué le pedía el zapatero al Emperador? Primero que nada, su venia y beneplácito, el que la empresa fuera de su agrado, segundo, el apoyo pecuniario del Estado, pues él solo no podía sufragar todos los gastos que le acarrearía tan faraónico empeño. Es decir, que el zapatero estaba dispuesto a pagar de su bolsillo la adquisición de la Colina de los Héroes, su adecuación como cementerio, la reja que la circundaría, los caminos que harían accesible cada rincón a todos los visitantes, e incluso algunas estatuas de unos héroes del pasado gratísimos a la memoria patriótica del zapatero, amén de tres guardabosques que podían fungir de guardacementerios y jardineros y que ya trabajaban en una de sus propiedades campestres, hombres solteros y fuertes con los que se podía contar tanto para cavar una tumba como para ahuyentar a los saqueadores nocturnos de tumbas. El resto, es decir la contratación de escultores, la compra de la piedra, el mármol o el bronce, el mantenimiento administrativo, los permisos y la publicidad, el traslado de las esculturas, el camino que conectaría la Colina de los Héroes con el camino principal de Viena, los fastos que allí hubieran de celebrarse, los transportes de los deudos y las comitivas, la construcción de una pequeña (o no tan pequeña) iglesia, etcétera, etcétera, todo eso sería sufragado por el Estado. Y después el zapatero se extendió en los beneficios morales de un monumento semejante y habló de los viejos valores, de lo que quedaba cuando todo desaparecía, del crepúsculo de los afanes humanos y del temblor y de los últimos pensamientos, y cuando hubo terminado de hablar, el Emperador, con lágrimas en los ojos, le tomó las manos y acercó sus labios a los oídos del zapatero y le susurró palabras entrecortadas pero firmes que nadie más escuchó y luego lo miró a los ojos, una mirada que era difícil de mantener pero que el zapatero, cuyos ojos ahora también estaban húmedos, le mantuvo sin pestañear, y luego el Emperador movió la cabeza varias veces en sucesivas afirmaciones y, mirando a sus consejeros, dijo bravo, perfecto, excelente, a lo que los otros repitieron bravo, bravo. Y con eso ya estaba dicho todo y el zapatero salió de palacio frotándose las manos, radiante de felicidad. A los pocos días la Colina de los Héroes ya había cambiado de propietario y el impetuoso zapatero, sin aguardar señal alguna, dio el pistoletazo de salida para que una cuadrilla de obreros se pusiera en movimiento y empezara con las primeras obras, obras que él supervisó personalmente, trasladándose a vivir a una posada de la aldea o pueblo más cercano, sin parar mientes en las incomodidades, entregado a su obra como sólo un artista puede hacerlo, contra viento y marea, sin importarle la lluvia que a menudo anegaba los campos de aquella región ni las tormentas que pasaban por el cielo gris acerado de Austria o de Hungría en su marcha inexorable hacia el oeste, tormentas que parecían huracanes imantados por las grandes sombras alpinas, y que el zapatero veía pasar con el abrigo estilando agua y los pantalones estilando agua y los zapatos enterrados en el barro pero absolutamente impermeables, unos zapatos ciertamente magníficos cuyo elogio era imposible o estaba sólo al alcance de un artista verdadero, unos zapatos para bailar o para correr o para trabajar en el fango, unos zapatos que nunca dejarían en entredicho o en mal lugar a su propietario, y a los cuales el zapatero, lamentablemente, apenas prestaba atención (su ayudante, después de desprender el barro, les sacaba lustre por las noches, o el joven empleadillo de la posada, cuando el zapatero yacía rendido, enredado entre las sábanas, a veces sin siquiera desvestirse del todo), entregado a su sueño obsesivo, marchando a través de sus pesadillas, al final de las cuales lo esperaba siempre la Colina de los Héroes, grave y quieta, oscura y noble, el proyecto, la obra de la que conocemos sólo fragmentos, la obra que a menudo creemos conocer pero que en realidad conocemos muy poco, el misterio que llevamos en el corazón y que en un momento de arrebato ponemos en el centro de una bandeja de metal labrada con caracteres micénicos, unos caracteres que balbucean nuestra historia y nuestro anhelo y que en realidad sólo balbucean nuestra derrota, la justa en donde hemos caído y no lo sabemos, y nosotros hemos puesto el corazón en medio de esa bandeja fría, el corazón, el corazón, y el zapatero se estremecía en el lecho y hablaba solo y pronunciaba la palabra corazón y también la palabra fulgor y parecía que se ahogaba y su ayudante entraba en la habitación de aquella fría posada y le decía palabras tranquilizadoras, despierte, señor, es sólo un sueño, señor, y cuando el zapatero abría los ojos, unos ojos que hacía unos segundos habían contemplado su corazón aún palpitante en medio de la bandeja, el ayudante le ofrecía un vaso de leche caliente y por respuesta sólo recibía un manotazo sin convicción, como si el zapatero en realidad apartara sus propias pesadillas, y luego, mirándolo como si apenas lo reconociese, le decía que se dejase de fruslerías, que le trajera una copa de coñac o un poco de aguardiente. Y así día tras día y noche tras noche, con buen o mal tiempo, gastando a manos llenas su propio dinero, pues el Emperador, tras haber llorado y dicho bravo, excelente, no dijo nada más, y los ministros también optaron por el silencio, y los consejeros y los generales y los coroneles más entusiastas, y sin inversores el proyecto no podía andar, pero lo cierto es que el zapatero lo había echado a andar y ya no podía detenerse. Y ya casi no se le veía en Viena salvo para proseguir con sus infructuosas gestiones, pues pasaba todo el tiempo en la Colina de los Héroes, supervisando los trabajos de sus cada vez más pocos obreros montado en un cuartago o cuatropeo resistente a las inclemencias del tiempo, tan duro y obstinado como él, o arrimando el hombro si la ocasión así lo requería. Al principio, en el palacio imperial y en los salones elegantes de Viena, su nombre y su idea corrieron como una delgada línea de pólvora que un dios burlón hubiera encendido como pasatiempo público, mas luego cayó en el olvido como suele suceder con todo. Un día ya no se habló de él. Otro día la gente olvidó su rostro. Sus negocios de zapatería probablemente arrostraron mejor el paso de los años. A veces alguien, un viejo conocido, lo veía en una calle de Viena, pero el zapatero ya no saludaba a nadie ni devolvía el saludo de nadie y a nadie le sorprendía que se cambiara de acera. Vinieron épocas duras y épocas confusas, pero sobre todo vinieron épocas terribles, en las que se aunaba lo duro y lo confuso con lo cruel. Los escritores siguieron llamando a sus musas. Murió el Emperador. Vino una guerra y murió el Imperio. Los músicos siguieron componiendo y la gente acudiendo a los conciertos. Del zapatero ya nadie guardaba memoria, salvo la esquiva y casual de los pocos poseedores de sus espléndidos y resistentes zapatos. Pero también el negocio de las zapaterías se vio atrapado en la crisis mundial y cambió de dueños y luego desapareció. Los años que siguieron fueron aún más confusos y duros. Vinieron asesinatos y persecuciones. Luego vino otra guerra, la más terrible de todas las guerras. Y un día aparecieron por el valle los tanques soviéticos y el coronel que comandaba el regimiento de tanques vio con sus prismáticos, desde la torreta de su blindado, la Colina de los Héroes. Y chirriaron las cadenas de los tanques y se aproximaron a la colina que refulgía como metal oscuro bajo los últimos rayos de sol que se esparcían por el valle. Y el coronel ruso se bajó de su tanque y dijo qué demonios es esto. Y los rusos que estaban en los otros tanques se bajaron también y estiraron las piernas y encendieron cigarrillos y contemplaron la reja negra de hierro forjado que circundaba la colina y la puerta de grandes proporciones y las letras fundidas en bronce y empotradas sobre una roca en la entrada anunciando al visitante que aquello era Heldenberg. Y un labriego, que en su niñez había trabajado allí, al ser preguntado dijo que eso era un cementerio, el cementerio donde iban a estar enterrados todos los héroes del mundo. Y entonces el coronel y sus hombres traspusieron la entrada, para lo cual tuvieron que descerrajar tres viejos y oxidados candados, y se pusieron a caminar por las sendas de la Colina de los Héroes. Y no vieron estatuas de héroes ni tumbas sino sólo desolación y abandono, hasta que en lo más alto de la colina descubrieron una cripta similar a una caja fuerte, con la puerta sellada, que procedieron a abrir. En el interior de la cripta, sentado sobre un sitial de piedra, hallaron el cadáver del zapatero, las cuencas vacías como si ya nunca más fueran a contemplar otra cosa que el valle sobre el que se alzaba su colina, la quijada abierta como si tras entrever la inmortalidad aún se estuviera riendo, dijo Farewell. Y luego dijo: ¿entiendes?, ¿entiendes? Y yo vi otra vez a mi padre, encarnado en la sombra de una comadreja o de un hurón escurriéndose por los rincones de la casa, que eran como los rincones de mi vocación. Y luego Farewell repitió: ¿entiendes?, ¿entiendes?, mientras pedíamos café y la gente, en la calle, se apresuraba, urgida por un ansia incomprensible de llegar a sus casas, y sus sombras se proyectaban una detrás de otra, cada vez más rápido, en las paredes del restaurante en donde Farewell y yo manteníamos contra viento y marea, aunque tal vez debería decir contra el aparato electromagnético que se había desencadenado en las calles de Santiago y en el espíritu colectivo de los santiaguinos, una inmovilidad apenas interrumpida por los gestos de nuestras manos que acercaban las tazas de café a nuestros labios, mientras nuestros ojos observaban como quien no quiere la cosa, como haciéndose los distraídos, a la chilena, las figuras chinescas que aparecían y desaparecían como rayos negros en los tabiques del restaurante, un divertimiento que parecía hipnotizar a mi maestro y que a mí me causaba vértigo y dolor en los ojos, un dolor que luego se extendía a las sienes y a los parietales y a la totalidad del cráneo y que yo aliviaba con oraciones y mejorales, aunque en aquella ocasión, lo recuerdo ahora apoyado con esfuerzo en mi codo como si quisiera emprender de inmediato el vuelo beatífico, el dolor sólo se mantuvo en los ojos, lo cual era fácil de subsanar, pues cerrándolos el asunto quedaba finiquitado, algo que hubiera podido y debido hacer, pero que no hice, pues la expresión de Farewell, la inmovilidad de Farewell sólo rota entonces por un ligero movimiento ocular, fue adquiriendo para mí connotaciones de terror infinito o de terror disparado hacia el infinito, que es, por otra parte, el destino del terror, elevarse y elevarse y no terminar nunca y de ahí nuestra aflicción, de ahí nuestro desconsuelo, de ahí algunas interpretaciones de la obra de Dante, ese terror delgado como un gusano e inerme y sin embargo capaz de subir y subir y expandirse como una ecuación de Einstein, y la expresión de Farewell, como decía, fue adquiriendo esa connotación, aunque quien pasara junto a nuestra mesa y lo mirara sólo vería a un caballero respetable en una actitud un tanto introspectiva. Y entonces Farewell abrió la boca y cuando yo pensaba que una vez más me iba a preguntar si entendía, dijo: Pablo va a ganar el Nobel. Y lo dijo como si sollozara en medio de un campo de cenizas. Y dijo: América va a cambiar. Y: Chile va a cambiar. Y luego se le desencajaron las mandíbulas y aun así afirmó: no lo veré. Y yo dije: Farewell, usted lo verá, lo verá todo. Y en ese momento yo supe que no hablaba del cielo ni de la vida eterna sino que estaba haciendo mi primera profecía y que si aquello que preveía Farewell se cumplía él lo iba a presenciar. Y Farewell dijo: la historia del vienés me ha puesto triste, Urrutia. Y yo: usted vivirá muchos años, Farewell. Y Farewell: de qué sirve la vida, para qué sirven los libros, son sólo sombras. Y yo: ¿como esas sombras que ha estado mirando? Y Farewell: justo. Y yo: Platón tiene un libro muy interesante sobre ese asunto. Y Farewell: no sea idiota. Y yo: ¿qué le dicen esas sombras, Farewell, cuénteme? Y Farewell: me hablan de la multiplicidad de las lecturas. Y yo: múltiples pero bien miserables, bien mediocres. Y Farewell: no sé de qué me está hablando. Y yo: de los ciegos, Farewell, de los tropezones de los ciegos, de sus vanas escaramuzas, de sus colisiones y traspiés, de sus trompicones y caídas, de su general quebranto. Y Farewell: no sé de qué me habla, qué le pasa, nunca lo había visto así. Y yo: me alegra que me diga eso. Y Farewell: ya no sé lo que digo, quiero hablar, quiero decir, pero sólo me sale espuma. Y yo: ¿distingue algo cierto en las sombras chinas?, ¿distingue escenas claras, el remolino de la historia, una elipse enloquecida? Y Farewell: discierno un cuadro campestre. Y yo: ¿algo así como un grupo de campesinos que rezan y se van y vuelven y rezan y se van? Y Farewell: discierno putas que se detienen una fracción de segundo a contemplar algo importante y luego se marchan como meteoritos. Y yo: ¿distingue algo que concierna a Chile?, ¿distingue el derrotero de la patria? Y Farewell: esta comida me ha hecho mal. Y yo: ¿distingue en las sombras chinescas nuestra antología palatina?, ¿puede leer algún nombre?, ¿es capaz de reconocer algún perfil? Y Farewell: veo el perfil de Neruda y el mío, pero en realidad me engaño, es sólo un árbol, veo un árbol, la silueta múltiple y monstruosa de la hojarasca, como un mar que se seca, un dibujo que sugiere dos perfiles y que en realidad es una tumba al aire libre partida por la espada de un ángel o por el mazo de un gigante. Y yo: ¿y qué más? Y Farewell: putas que llegan y se van, un río de lágrimas. Y yo: sea más preciso. Y Farewell: esta comida me ha hecho mal. Y yo: qué curioso, a mí no me sugiere nada, sólo veo sombras, sombras eléctricas, como si el tiempo se hubiera acelerado. Y Farewell: no hay consuelo en los libros. Y yo: y veo con claridad el futuro, y en ese futuro está usted, disfrutando de una larga vida, querido y respetado por todos. Y Farewell: ¿como el doctor Johnson? Y yo: exacto, ha dado en la diana, ni más ni menos. Y Farewell: como el doctor Johnson de este pedazo de tierra dejado de la mano de Dios. Y yo: Dios está en todas partes, incluso en los sitios más peregrinos. Y Farewell: si no me sintiera tan mal de la guata y tan borracho procedería a confesarme ahora mismo. Y yo: para mí sería un honor. Y Farewell: o procedería a arrastrarlo al baño y a culeármelo de una buena vez. Y yo: no es usted quien habla, es el vino, son esas sombras que lo inquietan. Y Farewell: no se ruborice, todos los chilenos somos sodomitas. Y yo: todos los hombres son sodomitas, todos llevan un sodomita en el arquitrabe del alma, no sólo nuestros pobres compatriotas, y uno de nuestros deberes es imponernos sobre él, vencerlo, ponerlo de rodillas. Y Farewell: habla usted como un chupador de picos. Y yo: nunca lo he hecho. Y Farewell: aquí estamos en confianza, aquí estamos en confianza, ¿ni en el seminario? Y yo: estudiaba y oraba, oraba y estudiaba. Y Farewell: aquí estamos en confianza, en confianza, en confianza. Y yo: leía a San Agustín, leía a Santo Tomás, estudiaba la vida de todos los papas. Y Farewell: ¿y aún recuerda esas santas vidas? Y yo: grabadas a fuego. Y Farewell: ¿quién fue Pío II? Y yo: Pío II, llamado Eneas Silvio Piccolomini, nacido en los alrededores de Siena y cabeza de la Iglesia desde 1458 hasta 1464, estuvo en el concilio de Basilea, secretario del cardenal Capranica, luego al servicio del antipapa Félix V, luego al servicio del emperador Federico III, luego coronado como poeta, es decir escribía versos, conferenciante en la Universidad de Viena sobre los poetas de la antigüedad, en 1444 publicó su novela *Euryalus y Lucrecia,* boccaciana, en 1445, justo un año después de publicar la ya mencionada obra, recibió las órdenes sacerdotales y su vida cambió, hizo penitencia, reconoció los errores pasados, en 1449 obispo de Siena y en 1456 cardenal, sin otro pensamiento que el de emprender una nueva cruzada, en 1458 lanzó la bula *Vocavit nos Pius,* en la que se convocaba a los indiferentes soberanos en la ciudad de Mantua, vanamente, luego se llegó a un acuerdo y se decidió emprender una cruzada cuya duración sería de tres años, pero todos se mostraron sordos a las palabras del Papa, hasta que éste tomó el mando y lo notificó, Venecia se alió con Hungría, Skanderberg atacó a los turcos, Esteban el Grande fue proclamado *Atleta christi,* miles de hombres acudieron a Roma desde toda Europa, sólo los reyes siguieron sordos e indiferentes, luego el Papa peregrinó a Asís y luego a Ancona, donde la flota veneciana tardó en aparecer, y cuando finalmente aparecieron los barcos de guerra venecianos el Papa agonizaba, y dijo «hasta hoy lo que me faltaba era una flota, ahora seré yo quien faltará a la flota», y luego murió y la cruzada murió con él. Y Farewell dijo: los escritores siempre la cagan. Y yo: protegió a Pinturicchio. Y Farewell: no tengo ni idea de quién es ese Pinturicchio. Y yo: un pintor. Y Farewell: eso ya lo había advertido, ¿pero quién fue? Y yo: el que pintó los frescos de la catedral de Siena. Y Farewell: ¿ha estado usted en Italia? Y yo: sí. Y Farewell: todo se hunde, todo se lo traga el tiempo, pero a los primeros que se traga es a los chilenos. Y yo: sí. Y Farewell: ¿sabe la historia de más papas? Y yo: de todos. Y Farewell: ¿la de Adriano II? Y yo: Papa de 867 a 872, de él se cuenta una historia interesante, cuando Lotario II vino a Italia el Papa le preguntó si había vuelto a tener relaciones con Waldrada, excomulgada por el Papa anterior Nicolás I, y entonces el emperador Lotario avanzó temblando hasta el altar de Monte Cassino, donde tuvo lugar el encuentro, y el Papa lo esperó delante del altar y el Papa no temblaba. Y Farewell: algo de miedo habrá sentido. Y yo: sí. Y Farewell: ¿y la historia del papa Landon? Y yo: poco se sabe de ese Papa, salvo que lo fue de 913 a 914 y que nombró obispo de Ravena a un protegido de Teodora que subió al trono pontificio tras la muerte de Landon. Y Farewell: un nombre bien raro tenía ese Papa. Y yo: sí. Y Farewell: fíjese, las sombras chinescas han desaparecido. Y yo: en efecto, han desaparecido. Y Farewell: qué cosa más extraña, ¿qué habrá pasado? Y yo: probablemente no lo sabremos nunca. Y Farewell: ya no hay sombras, ya no hay velocidad, ya no hay esa impresión de estar dentro del negativo de una fotografía, ¿lo hemos soñado? Y yo: probablemente no lo sabremos nunca. Y luego Farewell pagó la comida y yo lo acompañé hasta la puerta de su casa, en donde no quise entrar, porque todo era naufragio, y luego me encontré caminando solo por las calles de Santiago pensando en Alejandro III y en Urbano IV y en Bonifacio VIII, mientras una brisa fresca me acariciaba el rostro procurando despertarme del todo, aunque del todo despierto era imposible, pues en el fondo de mi cerebro oía las voces de los papas, como los chillidos lejanos de una bandada de pájaros, señal inequívoca de que una parte de mi conciencia aún soñaba o voluntariamente no quería salir del laberinto de los sueños, ese campo de Marte donde se esconde el joven envejecido y donde se esconden los poetas muertos que entonces vivían y que desde la inminencia cierta de su olvido levantaban en el interior de mi bóveda craneal la miserable cripta de sus nombres, de sus siluetas recortadas en cartón negro, de sus obras demolidas, no así el joven envejecido, que por entonces sólo era un niño del sur, de la frontera lluviosa y del río más caudaloso de la patria, el Bío-Bío temible, pero que ahora, a veces, se me confunde con la horda de los poetas chilenos y de sus obras que el tiempo inconmovible demolía entonces, cuando yo me alejaba de la casa de Farewell por la noche de Santiago, y que demuele hoy mientras levanto mi cuerpo apoyado sobre un codo, y que demolerá cuando yo ya no esté aquí, es decir cuando yo ya no exista o sólo exista mi reputación, mi reputación que semeja un crepúsculo, así como la reputación de otros parece una ballena o un cerro pelado o un barco o una estela de humo o una ciudad laberíntica, mi reputación que parece un crepúsculo contemplará con los párpados apenas entreabiertos el ligero espasmo del tiempo y las demoliciones, el tiempo que se mueve por los campos de Marte como una brisa conjetural, y en cuyo remolino se ahogan como figuras de Delville los escritores cuyos libros reseñé, los escritores de quienes escribí críticas, los agonizantes de Chile y de América cuyas voces pronunciaron mi nombre, cura Ibacache, cura Ibacache, piense en nosotros mientras se aleja con pasos danzarines de la casa de Farewell, piense en nosotros mientras sus trancos lo internan en la noche inexorable de Santiago, cura Ibacache, cura Ibacache, piense en nuestras ambiciones y en nuestros anhelos, en nuestra sorda condición de hombres y ciudadanos, de compatriotas y escritores, mientras usted penetra en los pliegues fantasmagóricos del tiempo, ese tiempo que nosotros sólo podemos percibir en tres dimensiones pero que en realidad tiene cuatro o tal vez cinco, como la barbacana de la sombra de Sordello, ¿qué Sordello?, que ni el mismo sol puede destruir. Boberías. Lo sé. Tonteras. Necedades. Gedeonadas. Dislates. Fantochadas que acuden sin ser llamadas (y en tropel) mientras uno se adentra en la noche de su destino. Mi destino. Mi Sordello. El comienzo de una carrera brillante. Pero no todo fue tan fácil. A la larga hasta rezar aburre. Escribí críticas. Escribí poemas. Descubrí poetas. Los alabé. Exorcicé naufragios. Fui probablemente el miembro del Opus Dei más liberal de la república. Ahora el joven envejecido me observa desde una esquina amarilla y me grita. Oigo algunas de sus palabras. Dice que soy del Opus Dei. Nunca lo he ocultado, le digo. Pero él seguro que tampoco me escucha. Yo lo veo mover la quijada y los labios y sé que me está gritando, pero no oigo sus palabras. Él me ve susurrar, apoyado en un codo, mientras mi cama navega por los meandros de mi fiebre, y tampoco oye mis palabras. Me gustaría decirle que así no vamos a ninguna parte. Me gustaría decirle que hasta los poetas del partido comunista chileno se morían por que escribiera alguna cosa amable de sus versos. Y yo escribí cosas amables de sus versos. Seamos civilizados, susurro. Pero él no me oye. De vez en cuando alguna de sus palabras llega con claridad. Insultos, qué otra cosa. ¿Maricón, dice? ¿Opusdeísta, dice? ¿Opusdeísta maricón, dice? Luego mi cama da un giro y ya no lo oigo más. Qué agradable resulta no oír nada. Qué agradable resulta dejar de apoyarse en el codo, en estos pobres huesos cansados, y estirarse en la cama y reposar y mirar el cielo gris y dejar que la cama navegue gobernada por los santos y entrecerrar los párpados y no tener memoria y sólo escuchar el latido de la sangre. Pero entonces mis labios se articulan y sigo hablando. Yo nunca oculté mi pertenencia al Opus Dei, joven, le digo al joven envejecido, aunque ya no lo veo, aunque ya no sé si está a mis espaldas o en los lados o si se ha perdido entre los manglares que circundan el río. Yo nunca lo oculté. Todo el mundo lo sabía. Todos en Chile lo sabían. Sólo usted, que en ocasiones parece más huevón de lo que es, lo ignoraba. Silencio. El joven envejecido no responde. A lo lejos escucho algo como si una cuadrilla de primates se pusiera a parlotear, todos a la vez, excitadísimos, y entonces saco una mano de debajo de las frazadas y toco el río y cambio trabajosamente el rumbo de la cama usando de remo mi mano, moviendo los cuatro dedos como si se tratara de un ventilador indio, y cuando la cama ha girado lo único que veo es la selva y el río y los afluentes y el cielo que ya no es gris sino azul luminoso y dos nubes muy pequeñas y muy lejanas que corren como niños arrastrados por el viento. El parloteo de los monos se ha extinguido. Qué alivio. Qué silencio. Qué paz. Una paz propicia para recordar otros cielos azules, otras nubes diminutas que corrían arrastradas por el viento de oeste a este, y la sensación de aburrimiento que producían en mi espíritu. Calles amarillas y cielos azules. Y conforme uno se acercaba al centro de la ciudad las calles iban perdiendo ese amarillo ofensivo para transformarse en calles grises, ordenadas y aceradas, aunque yo sabía que debajo del gris, a poco que uno escarbara, se hallaba el amarillo. Y eso producía no sólo desaliento en mi alma sino también aburrimiento, o tal vez el desaliento comenzó a devenir aburrimiento, cualquiera sabe, lo cierto es que hubo una época de calles amarillas y de cielos azules luminosos y de profundo aburrimiento, en que cesó mi actividad de poeta, o mejor dicho mi actividad de poeta fue objeto de una mutación peligrosa, pues lo que se dice escribir, seguía escribiendo, pero poemas llenos de insultos y blasfemias y cosas peores que tenía el buen sentido de destruir apenas amanecía, sin mostrárselos a nadie, aunque entonces muchos se hubieran sentido honrados con tal distinción, poemas cuyo sentido último, o lo que yo creía ver en ellos como sentido último, me sumían en un estado de perplejidad y conmoción que duraba todo el día. Y ese estado de perplejidad y conmoción coexistía con un estado de aburrimiento y abatimiento. El aburrimiento y el abatimiento eran grandes. La perplejidad y la conmoción eran pequeñas y vivían incrustadas en algún rincón del estado general de aburrimiento y abatimiento. Como una herida dentro de otra herida. Y entonces dejé de dar clases. Dejé de decir misa. Dejé de leer el periódico cada mañana y de comentar las noticias con mis hermanos. Dejé de escribir con claridad mis reseñas literarias. (Aunque no las interrumpí.) Algunos poetas se acercaron y me preguntaron qué me ocurría. Algunos sacerdotes se acercaron y me preguntaron qué turbaba mi espíritu. Me confesé y recé. Pero mi cara de desvelado me traicionaba. Aquellos días, de hecho, dormía muy poco, a veces tres horas, a veces dos. Por las mañanas me dedicaba a caminar de la rectoría a los potreros baldíos, de los potreros baldíos a las poblaciones, de las poblaciones al centro de Santiago. Una tarde dos maleantes me asaltaron. Yo no tengo plata, hijos míos, les dije. Claro que tenís plata, cura reculiado, respondieron los cogoteros. Acabé entregándoles mi billetera y rezando por ellos, pero no mucho. El aburrimiento que sentía era feroz. El abatimiento no le iba a la zaga. A partir de ese día, sin embargo, mis paseos cambiaron de ruta. Elegí barrios menos peligrosos, elegí barrios desde donde pudiera contemplar la magnificencia de la cordillera, cuando en esta ciudad era aún posible contemplar la cordillera en cualquier temporada, sin que la ocultara el manto de contaminación. Y paseaba y paseaba y a veces me subía a las micros y seguía paseando con la cabeza pegada al cristal de las ventanas y a veces tomaba un taxi y seguía paseando por entre el abominable amarillo y el abominable azul luminoso de mi aburrimiento, desde el centro hasta la rectoría, desde la rectoría hasta Las Condes, desde Las Condes hasta Providencia, desde Providencia hasta la Plaza Italia y el Parque Forestal, y luego de vuelta al centro y de vuelta a la rectoría, mi sotana batida por el viento, mi sotana que era como mi sombra, mi bandera negra, mi música ligeramente almidonada, ropa limpia, oscura, pozo donde se hundían los pecados de Chile y ya no salían más. Pero tanto revoloteo era inútil. El aburrimiento no disminuía, por el contrario, algunos mediodías se hacía inaguantable y me llenaba la cabeza de ideas disparatadas. A veces, temblando de frío, me acercaba a una fuente de soda y pedía una Bilz. Me sentaba en un taburete alto y contemplaba con ojos de carnero degollado las gotas de agua que bajaban por la superficie de la botella, mientras la voz de la inquina, en mi interior, me preparaba para la contemplación improbable de una gota que desafiando las leyes naturales *subiera* por la superficie hasta llegar a la boca de la botella. Entonces yo cerraba los ojos y rezaba o intentaba rezar mientras mi cuerpo era sacudido por los escalofríos y los niños y los adolescentes corrían de un lado a otro de la Plaza de Armas, aguijoneados por el sol estival, y las risas en sordina que llegaban de todas partes se convertían en el comentario más certero de mi derrota. Después bebía unos sorbos de Bilz helada y echaba a andar otra vez. Fue por aquellos días cuando conocí al señor Odeim y más tarde al señor Oido. Ambos gestionaban por cuenta de un señor extranjero a quien nunca tuve el gusto de conocer una empresa de exportaciones e importaciones. Creo que enlataban machas que luego enviaban a Francia y Alemania. Encontré al señor Odeim (o el señor Odeim me encontró a mí) en una calle amarilla. Yo iba muerto de frío y oí que alguien me llamaba. Al volverme lo vi: un hombre de mediana edad, de estatura normal, ni flaco ni delgado, con una cara corriente en donde apenas predominaban un poco más los rasgos indígenas que los rasgos europeos, vestido con un terno claro, con un sombrero de lo más elegante, que me hacía señas en medio de la calle amarilla, a no demasiada distancia, mientras al fondo la tierra reverberaba en sucesivas placas de cristal o plástico superpuestas. Nunca antes lo había visto, pero él parecía conocerme de toda la vida. Me dijo que le había hablado de mí el padre García Errázuriz y el padre Muñoz Laguía, a quienes tenía yo en alta estima y de cuyos favores gozaba, y que estos sabios varones me habían recomendado fervorosamente, sin reservas, para una delicada misión en Europa, sin duda pensando que un viaje prolongado por el viejo continente era lo más indicado para devolverme algo de la alegría y de la energía que había perdido y que a ojos vistas seguía perdiendo, como una herida que no quiere cicatrizar y que a la larga causa la muerte, al menos la muerte moral, de quien la padece. Al principio me mostré perplejo y renuente, pues los intereses del señor Odeim no podían diferir más de los míos, pero acepté subirme a su auto y dejarme conducir hasta un restaurante de la calle Banderas, un sitio venido a menos llamado Mi Oficina, en donde el señor Odeim, sin soltar prenda acerca de lo que verdaderamente lo había impulsado a buscarme, se dedicó a hablar de gente que yo conocía, entre ellos Farewell y varios poetas de la nueva lírica chilena a quienes entonces frecuentaba, en un intento de hacerme sabedor de que estaba al tanto de más de un aspecto de mi mundo, no sólo el eclesiástico sino también el de las afinidades electivas, e incluso el laboral, pues también nombró al redactor jefe del diario en el que yo publicaba mis crónicas. Era evidente, sin embargo, que a todos los conocía de manera superficial. Después el señor Odeim tuvo un intercambio de palabras con el dueño de Mi Oficina y al poco rato salimos apresuradamente del local sin que quedara claro del todo el motivo de nuestra retirada, y paseamos tomados del brazo por las calles aledañas hasta llegar a otro restaurante, éste mucho más pequeño y menos lóbrego, en donde el señor Odeim fue recibido casi como si fuera el dueño y en donde comimos hasta hartarnos, sin que importara el calor que hacía afuera y que no recomendaba ciertamente la ingestión de tantas y tan variadas viandas. El café insistió en que lo tomáramos en el Haití, que es un sitio infecto en donde se juntan todos los canallas que trabajan en el centro de Santiago, vicegerentes, vicedelegados, viceadministradores, vicedirectores, en donde, además, se tiene por un detalle de buen gusto beber de pie, acodados en la barra o desparramados por la amplitud del local, que es grande y que en mi memoria está flanqueado por dos grandes ventanales de vidrio, desde el techo hasta casi tocar el suelo, de tal manera que los que están de pie en el interior, con sus tacitas de café en la mano y sus portafolios y maletines deslustrados en la otra, sirven como espectáculo a los viandantes, a quienes les resulta humanamente imposible pasar por delante del mencionado establecimiento sin mirar, aunque no más sea de reojo, la masa de hombres que allí dentro se hacina, en una incomodidad legendaria. Y hacia ese antro me vi arrastrado, yo, un hombre que ya tenía de alguna manera un nombre, que de hecho tenía dos nombres, y renombre, y algunos enemigos y muchos amigos, y aunque quise protestar, negarme, el señor Odeim sabía ser persuasivo cuando quería. Y mientras esperaba, amurrado en un rincón y sin poder quitar los ojos de los ventanales del Haití, a que mi anfitrión regresara de la barra con dos cafés humeantes, los mejores de Santiago según el populacho, me puse a pensar en la clase de negocio que el ya mencionado caballero quería ofrecerme. Después el señor Odeim volvió junto a mí y empezamos a tomarnos, de pie, el café. Recuerdo que habló. Habló y sonrió, pero yo nada pude escuchar ya que las voces de los vicesecretarios atronaban en el ámbito del Haití sin dejar espacio para una sola voz más. Hubiera podido inclinarme, poner mi oreja junto a los labios de mi interlocutor como hacían los demás parroquianos, pero preferí abstenerme. Hice como que entendía y dejé que mi mirada vagara por el local carente de sillas. Algunos hombres me devolvieron la mirada. En los semblantes de algunos creí descubrir un dolor inmenso. Los cerdos también sufren, me dije. Acto seguido me arrepentí de este pensamiento. Sufren los cerdos, sí, y su dolor los ennoblece y limpia. Un fanal se encendió en el interior de mi cabeza o tal vez en el interior de mi piedad: los cerdos también eran un cántico a la gloria del Señor, y si no un cántico, lo que probablemente era exagerado, sí un canturreo, una cantilena, una letrilla que celebraba todas las cosas vivas. Intenté discernir alguna conversación. Fue imposible. Sólo escuché palabras aisladas, el tono chileno, palabras que nada significaban pero que en sí mismas contenían la chatura y la desesperación infinita de mis compatriotas. Después el señor Odeim me cogió del brazo y sin saber cómo me vi otra vez en la calle, caminando a su lado. Voy a presentarle a mi socio, el señor Oido, dijo. Me zumbaban las orejas. Tuve la impresión de que lo escuchaba por primera vez. Caminamos por una calle amarilla. No había mucha gente, aunque de vez en cuando, en los portales, se escondía algún hombre con gafas oscuras, alguna mujer con pañuelo en la cabeza. La oficina de importación y exportación estaba en un cuarto piso. El ascensor no funcionaba. Un poco de ejercicio no nos hará mal, sirve de bajativo, opinó el señor Odeim. Lo seguí. En la recepción no había nadie. La secretaria ha salido a almorzar, dijo el señor Odeim. Me quedé quieto, acezando, mientras mi mecenas daba unos golpecitos con la segunda falange del dedo medio en los cristales esmerilados de la oficina de su socio. Una voz chillona dijo adelante. Pasemos, me dijo el señor Odeim. El señor Oido estaba sentado detrás de una mesa metálica y al oír mi nombre se levantó, dio la vuelta a la mesa y me saludó efusivamente. Era delgado y rubio, de piel pálida, enrojecida en los pómulos, como si cada cierto tiempo se diera fricciones con agua de lavanda. No olía a lavanda, sin embargo. Nos invitó a sentarnos y tras mirarme de arriba abajo volvió a su lugar detrás de la mesa. Yo soy el señor Oido, me dijo entonces, Oido, no Oído. Está claro, dije yo. Usted es el padre Urrutia Lacroix. El mismo, dije yo. A mi lado, el señor Odeim sonreía y asentía silenciosamente. Urrutia es un apellido de origen vasco, ¿no? Efectivamente, dije yo. Lacroix es francés, claro. El señor Odeim y yo asentimos al unísono. ¿Sabe de dónde proviene Oido? No tengo idea, dije yo. Aventure un lugar, dijo él. ¿De Albania? Frío, frío, dijo él. No tengo idea, dije yo. De Finlandia, dijo él. Es un nombre mitad finlandés y mitad lituano. Ciertamente, dijo el señor Odeim. En una época ya lejana los lituanos y los finlandeses comerciaban bastante, para ellos el mar Báltico era una especie de puente, de río, de riachuelo, un riachuelo atravesado por innumerables puentes negros, trate de imaginárselo. Me lo imagino, dije yo. El señor Oido sonrió. ¿Se lo imagina? Sí, me lo imagino. Puentes negros, sí, señor, murmuró el señor Odeim a mi lado. Y pequeños finlandeses y pequeños lituanos atravesándolos incesantemente, dijo el señor Oido. De día y de noche. A la luz de la luna o a la luz de unas humildes teas. Sin ver nada, de memoria. Sin sentir el frío que por esas latitudes se mete hasta el tuétano, sin sentir nada, simplemente vivos y en movimiento. Incluso sin sentirse vivos: en movimiento, acoplados a la rutina de atravesar el Báltico en una u otra dirección. Algo natural.

¿Algo natural? Asentí una vez más. El señor Odeim sacó una cajetilla de cigarrillos. El señor Oido explicó que hacía unos diez años había dejado de fumar para siempre. Yo rechacé el cigarrillo que el señor Odeim me tendía. Pregunté en qué consistía el trabajo que querían ofrecerme. Más que un trabajo es una beca, dijo el señor Oido. Nosotros nos dedicamos a los negocios de importación y exportación, pero también tocamos otros rubros, dijo el señor Odeim. En concreto, ahora estamos trabajando para la Casa de Estudios del Arzobispado. Ellos tienen un problema y nosotros buscamos a la persona idónea para solucionar el problema, dijo el señor Oido. Ellos necesitan a alguien que realice un estudio y nosotros les conseguimos a la persona indicada. Cubrimos una necesidad, escrutamos soluciones. ¿Y yo soy la persona indicada?, pregunté. Nadie reúne tantos requisitos como usted, padre, dijo el señor Oido. Me gustaría que me explicaran de qué se trata este asunto, les dije. El señor Odeim me miró con extrañeza. Antes de que protestara le dije que me gustaría volver a escuchar la propuesta, pero esta vez de boca del señor Oido. Éste no se hizo de rogar. La Casa de Estudios del Arzobispado quería que alguien preparara un trabajo sobre conservación de iglesias. En Chile, como no podía ser menos, nadie sabía nada acerca de este tema. En Europa, por el contrario, las investigaciones iban muy avanzadas y en algunos casos se hablaba ya de soluciones definitivas para frenar el deterioro de las casas de Dios. Mi trabajo consistiría en ir, visitar las iglesias punteras en soluciones antidesgaste, cotejar los distintos sistemas, escribir un informe y volver. ¿Cuánto tiempo? Podía pasarme hasta un año recorriendo diversos países europeos. Si al cabo del año mi trabajo no estaba concluido, el plazo podía ampliarse hasta un año y medio. Cada mes se me pagaría mi sueldo completo, más un plus extra acorde con los gastos superiores que tendría que afrontar en Europa. Podía dormir en hoteles o en las hosterías parroquiales desparramadas a lo largo y ancho de la geografía del viejo continente. Por supuesto, el trabajo parecía estar pensado ex profeso para mí. Acepté. Durante los días siguientes vi a menudo al señor Oido y al señor Odeim, que se encargaron de los papeles necesarios para mi estancia en Europa. No puedo decir, sin embargo, que estrechara lazos con ellos. Eran eficientes, de eso me di cuenta en el acto, pero carecían de sutileza. Tampoco sabían nada de literatura, a excepción de dos poemas primerizos de Neruda, que podían y solían recitar de memoria. Pero sabían solucionar problemas de orden administrativo que a mí se me antojaban irresolubles y cumplieron en allanarme el camino hacia mi nuevo destino. A medida que se acercaba el día de mi partida me fui poniendo cada vez más nervioso. Me tomé mi tiempo para despedirme de mis amigos, que no daban crédito a tanta suerte. Llegué a un acuerdo con el periódico para seguir enviando desde Europa mis reseñas y crónicas literarias. Una mañana me despedí de mi anciana madre y tomé el tren a Valparaíso, en donde embarqué en el *Donizetti*, barco de bandera italiana que hacía la ruta Génova-Valparaíso-Génova. El viaje fue lento y reparador y no estuvo exento de amistades que incluso hasta hoy perduran, si bien en su faceta más deslavazada y educada, es decir en el envío puntual de tarjetas de felicitación navideña. Hicimos escalas en Arica, en donde fotografié, desde la cubierta, nuestro morro heroico, en El Callao, en Guayaquil (al pasar la línea ecuatorial tuve el agrado de oficiar una misa para todos los pasajeros), en Buenaventura, en donde leí, por la noche, el barco anclado en medio de las estrellas, el *Nocturno* de José Asunción Silva, un pequeño homenaje a las letras colombianas que fue aplaudido sin reservas, incluso por la oficialidad italiana que no entendía del todo el español pero que supo apreciar la honda musicalidad del verbo del vate suicida, en Panamá, cintura de América, en Cristóbal y en Colón, ciudad partida en donde unos arrapiezos intentaron vanamente robarme, en Maracaibo, laboriosa y con olor a petróleo, y después cruzamos el océano Atlántico, en donde oficié, a petición popular, otra misa para la totalidad del pasaje, y en donde tuvimos tres días de tormenta y mala mar y mucha gente que quiso confesarse, y después hicimos escala en Lisboa, en donde bajé y recé en la primera iglesia del puerto, y después el *Donizetti* atracó en Málaga y en Barcelona, y una mañana de invierno finalmente llegamos a Génova, en donde me despedí de mis nuevos amigos y oficié una misa para algunos de ellos en la sala de lectura del navío, una sala con suelo de roble y paredes de teca y una gran

82

lámpara de cristal en el techo y sillones mullidos en donde tantas horas de felicidad había pasado, inmerso en la lectura de los clásicos griegos y de los clásicos latinos y de los contemporáneos chilenos, recuperada por fin mi alegría de lector, recuperado mi instinto, curado del todo, mientras el barco surcaba el mar, los crepúsculos marinos, la noche atlántica insondable, y yo leía cómodamente sentado en aquella sala de maderas nobles y olor de mar y licores fuertes y olor de libros y soledad, pues mis jornadas felices se prolongaban hasta horas en que ya nadie osaba pasear por los puentes del *Donizetti,* salvo las sombras pecadoras que tenían buen cuidado de no interrumpirme, buen cuidado de no interferir mis lecturas, la felicidad, la felicidad, la alegría recuperada, el sentido real de la oración, mis plegarias que se elevaban hasta traspasar las nubes, allí donde sólo existe la música, aquello que llamamos el coro de los ángeles, un espacio no humano pero indudablemente el único espacio que podemos habitar, siquiera conjeturalmente, los humanos, un espacio inhabitable pero el único espacio que vale la pena habitar, un espacio en donde dejaremos de ser pero el único espacio en donde podemos ser lo que de verdad somos, y después pisé tierra firme, tierra italiana, y le dije adiós al *Donizetti* y me interné por los caminos de Europa, resuelto a hacer un buen trabajo, con el espíritu ligero, lleno de confianza, determinación y fe. La primera iglesia que visité fue la de Santa María del Dolor Perpetuo, en Pistoia. Esperaba encontrar a un viejo párroco, pero grande fue mi sorpresa al ser recibido por un sacerdote que aún no había cumplido los treinta años. El padre Pietro, que ése era su nombre, me explicó que el señor Odeim le había escrito una misiva avisándole de mi llegada y que en Pistoia la contaminación ambiental no era el mayor agente destructor de los grandes monumentos románicos o góticos, sino la contaminación animal, más concretamente las cagadas de las palomas, cuya población, tanto en Pistoia como en otras muchas ciudades y pueblos europeos, se había multiplicado geométricamente. Para tal fin había una solución infalible, arma que estaba en su etapa experimental, y que procedió a mostrarme al día siguiente. Recuerdo que esa noche dormí en una habitación anexa a la sacristía y que mi sueño estuvo marcado por repentinos despertares en los que no sabía si estaba en el barco o en Chile, y si estaba en Chile, vamos a suponer, tampoco sabía si estaba en la casa de mi familia o en la casa del colegio o en la casa de un amigo, y aunque por momentos me daba cuenta de que estaba en la habitación anexa de una sacristía europea, tampoco sabía con exactitud en qué país de Europa se hallaba esa habitación y qué hacía yo allí. Por la mañana me despertó una empleada de la parroquia. Se llamaba Antonia y me dijo: padre, don Pietro lo está esperando, salga pronto o concitará su ira. Tal cual. Así que hice mis abluciones y vestí mi sotana y salí al patio de la casa cural y allí estaba el joven padre Pietro, vestido con una sotana más reluciente que la mía, la mano izquierda embutida en un grueso guantelete de cuero y metal, y en el aire, en el cuadrado de cielo que se alzaba entre los muros de color oro, distinguí la sombra de un pájaro, y cuando el padre Pietro me vio díjome: subamos al campanario, y yo sin decir nada seguí sus pasos y trepamos hasta la torre del campanario, abocados ambos a una tarea silenciosa y esforzada, y cuando llegamos al campanario el padre Pietro silbó y aleteó y la sombra del cielo bajó al campanario y se posó en el guantelete que el italiano portaba en su mano izquierda y entonces, sin que me lo explicaran, vi que el pájaro oscuro que sobrevolaba la iglesia de Santa María del Dolor Perpetuo era un halcón y que el padre Pietro se había convertido en un maestro de cetrería y que aquél era el recurso empleado en la erradicación de palomas de la vieja iglesia, y luego miré, desde aquellas alturas, las escalinatas que conducían al atrio y la plaza de ladrillos junto a la iglesia, de color magenta, y por más que miré no vi ni una sola paloma. Por la tarde el padre Pietro, cetrero en ambas acepciones, me llevó a otro lugar de Pistoia. Allí no había edificios eclesiásticos ni monumentos civiles ni nada que hubiera que defender del paso del tiempo. Fuimos en la camioneta de la parroquia. En una caja iba el halcón. Cuando llegamos a nuestro destino el padre Pietro sacó el halcón y lo lanzó hacia el cielo. Lo vi volar y lo vi abalanzarse sobre una paloma y vi a la paloma estremecerse en pleno vuelo. Se abrió una ventana de un edificio de protección social y una vieja nos gritó algo y nos amenazó con el puño. El padre Pietro se rió. Nuestras sotanas ondeaban al viento. De vuelta me dijo que el halcón se llamaba Turco. Después tomé el tren y llegué a Turín, en donde fui a ver al padre Angelo, de la iglesia de San Pablo del Socorro, ducho también en las artes de la volatería. Su halcón se llamaba Otelo y tenía aterrorizadas a las palomas de todo Turín, aunque no era el único halcón de la ciudad, según me confesó el padre Angelo, que tenía fundados motivos para sospechar que en algún barrio desconocido de Turín, probablemente en la zona sur, vivía otro halcón, y que Otelo, en ocasiones, se había cruzado con el otro en sus viajes aéreos. Las dos rapaces cazaban palomas y en principio no tenían por qué temerse mutuamente, pero el padre Angelo pensaba que no estaba lejano el día del enfrentamiento de ambos halcones. En Turín permanecí más días que en Pistoia. Luego tomé el tren nocturno con destino a Estrasburgo. Allí el padre Joseph tenía un halcón de nombre Jenofonte, y la rapaz era de tan negra azulina, y a veces el padre Joseph decía misa con el halcón posado en la parte más alta del órgano, sobre un tubo dorado, y yo que a veces me arrodillaba escuchando la palabra del Señor sentía en la nuca la mirada del halcón, sus ojos fijos, y me distraía y pensaba en Bernanos y en Mauriac, a quienes el padre Joseph leía incesantemente, y también pensaba en Graham Greene, a quien sólo leía yo, no el padre Joseph, pues los franceses sólo leen a los franceses, aunque sobre Greene alguna vez hablamos hasta tarde y no hubo punto de encuentro. También hablamos sobre Burson, sacerdote y mártir en el Magreb, sobre cuya vida y apostolado Vuillamin había escrito un libro que el padre Joseph me prestó, y también sobre L'Abbé Pierre, un curita mendigo que al padre Joseph le agradaba los domingos y le desagradaba los lunes. Y luego me marché de Estrasburgo y fui a Avignon, a la iglesia de Nuestra Madre del Mediodía, en donde era párroco el padre Fabrice, cuyo halcón se llamaba Ta gueule y era conocido en los alrededores por su voracidad y ferocidad, y con el padre Fabrice tuvimos tardes inolvidables, mientras Ta gueule volaba y deshacía ya no sólo bandadas de palomas sino de estorninos que por aquellos días lejanos y felices abundaban en las tierras provenzales, las tierras que recorrió Sordel, Sordello, ¿qué Sordello?, y Ta gueule echaba a volar y se perdía entre las nubes bajas, las nubes que bajaban de las mancilladas y al tiempo puras colinas de Avignon, y mientras el padre Fabrice y yo hablábamos, de pronto Ta gueule volvía a aparecer como un rayo o como la abstracción mental de un rayo para caer sobre las enormes bandadas de estorninos que aparecían por el oeste como enjambres de moscas, ennegreciendo el cielo con su revolotear errático, y al cabo de pocos minutos el revolotear de los estorninos se ensangrentaba, se fragmentaba y se ensangrentaba, y entonces el atardecer de las afueras de Avignon se teñía de rojo intenso, como el rojo de los crepúsculos que uno ve desde las ventanillas de un avión, o el rojo de los amaneceres, cuando uno despierta suavemente con el ruido de los motores silbando en los oídos y corre la cortinilla del avión y en el horizonte distingue una lí-

nea roja como una vena, la femoral del planeta, la
aorta del planeta que poco a poco se va hinchando,
esa vena de sangre fue la que vi en los cielos de Avignon, el vuelo ensangrentado de los estorninos, los
movimientos como de paleta de pintor expresionista
abstracto de Ta gueule, ah, la paz, la armonía de la
naturaleza que en ningún lugar es tan evidente ni tan
explícita como en Avignon, y luego el padre Fabrice
silbaba y esperábamos un tiempo indefinible, mensu-
rado únicamente por los latidos de nuestros corazones, hasta que nuestro tembloroso halcón se posaba
en su brazo. Y luego tomé el tren y me marché de
Avignon con gran tristeza y llegué a tierras de España
y por supuesto el primer lugar en el que me presenté
fue Pamplona, en donde las iglesias eran cuidadas con
otros métodos que a mí no me interesaban o bien no
eran cuidadas en absoluto, pero en donde tenía que
cumplimentar a los hermanos de la Obra, quienes me
presentaron a editores de la Obra y a directores de co-
legios de la Obra y al rector de la Universidad que
también pertenecía a la Obra, y todos se mostraron
interesados en mi trabajo de crítico de literatura y en
mi trabajo de poeta y en mi trabajo de docente, y me
ofrecieron publicar un libro, así de generosos son los
españoles, y formales también, pues al día siguiente
firmé un contrato, y luego me entregaron una carta
que venía dirigida a mí, escrita por el señor Odeim,
en donde me preguntaba qué tal Europa, qué tal el
clima y las comidas y los monumentos históricos, una
carta ridícula que sin embargo parecía encubrir otra

carta, ésta ilegible, más seria, y que despertó en mí gran preocupación pese a no saber qué decía la carta encriptada ni tener plena seguridad de que realmente existía, entre las palabras de la carta ridícula, una carta encriptada. Y después me marché de Pamplona, tras recibir abrazos y recomendaciones y toda clase de amicales despedidas, y llegué a Burgos, en donde me esperaba el padre Antonio, un cura viejito que tenía un halcón llamado Rodrigo que no cazaba palomas, en parte porque la edad del padre Antonio no le permitía acompañar a su azor en las cacerías, en parte porque al inicial entusiasmo del párroco le siguió un período de dudas acerca de la conveniencia de deshacerse por métodos tan expeditivos de aquellos pájaros que también, pese a sus cagadas, eran criaturas de Dios. Así que cuando yo llegué a Burgos el halcón Rodrigo sólo comía carne picada o molida, y vísceras que el padre Antonio o su criada compraban en el mercado, hígado, corazón, despojos, y la inactividad lo había reducido a un estado lamentable, similar en decrepitud al que lucía el padre Antonio, cuyas mejillas estaban mordidas por las dudas y el arrepentimiento a destiempo, que es el peor de los arrepentimientos, y cuando yo llegué a Burgos el padre Antonio yacía en su lecho, un camastro de cura pobre, tapado por una manta de tela burda, en una habitación grande, de piedra, y el halcón estaba en una esquina, tiritando de frío, con la caperuza puesta, sin el menor indicio de la elegancia que había visto yo en tierras de Italia y de Francia, un pobre halcón y un pobre cura consumiéndose ambos, y el padre Antonio me vio y trató de levantarse apoyándose en un codo, tal como yo haría años más tarde, eones más tarde, dos o tres minutos más tarde ante la aparición en tromba del joven envejecido, y vi el codo y el brazo del padre Antonio flaco como un muslo de pollo, y el padre Antonio me dijo que había pensado, he pensado, dijo, que tal vez no es una buena idea esto de los halcones, porque aunque preservan a las iglesias del efecto corrosivo y a la larga destructor de las cagadas de paloma, no había que olvidar que las palomas eran como el símbolo terrenal del Espíritu Santo, ¿verdad?, y que la Iglesia católica podía prescindir del Hijo y del Padre, pero no del Espíritu Santo, mucho más importante de lo que toda la feligresía sospechaba, más que el Hijo que murió en la cruz y más que el Padre creador de las estrellas y la tierra y de todo el universo, y entonces yo toqué con la punta de mis manos la frente y las sienes del cura burgalés y me di cuenta en el acto de que por lo menos tenía cuarenta grados de temperatura, y llamé a su criada y la envié en busca de un médico, y mientras esperaba a que apareciera el médico me distraje contemplando el halcón que parecía morirse de frío en su atril, con la caperuza puesta, y no me pareció bueno que así estuviera, por lo que tras arrebujar al padre Antonio con otra manta que encontré en la sacristía, busqué el guantelete y cogí al halcón y me dirigí al patio y contemplé la noche cristalina y fría y le quité la caperuza al halcón y le dije: vuela, Rodrigo, y Rodrigo emprendió el vuelo a la tercera orden, y lo vi elevarse cada vez con mayor fuerza, sus alas produjeron un ruido de aspas metálicas y me parecieron grandes, y entonces sopló un viento como huracanado y el halcón se ladeó en su vuelo vertical y mi sotana se levantó como una bandera pletórica de furia, y yo recuerdo que entonces otra vez grité vuela, Rodrigo, y luego oí un vuelo plural e insano, y los pliegues de la sotana cubrieron mis ojos mientras el viento limpiaba la iglesia y sus alrededores, y cuando pude quitarme de la cara mi particular caperuza distinguí, bultos informes en el suelo, los cuerpecillos ensangrentados de varias palomas que el halcón había depositado a mis pies o en un radio alrededor de mí de no más de diez metros, antes de desaparecer, pues lo cierto es que esa noche desapareció Rodrigo por los cielos de Burgos, en donde dicen que hay otros halcones y se alimentan de pajarillos, y tal vez la culpa fue mía, pues debería haberme quedado en el patio de la iglesia, llamándolo, y entonces la rapaz acaso hubiera vuelto, pero una campanilla sonaba insistentemente desde las profundidades de la iglesia y yo supe, cuando por fin pude oírla, que se trataba del médico y de la criada, y abandoné mi puesto y acudí a abrir, y cuando volví al patio el halcón ya no estaba. Esa noche el padre Antonio murió y yo bendije su alma y me ocupé de las cosas prácticas hasta el día siguiente en que llegó otro cura. El nuevo cura no echó en falta a Rodrigo. La criada tal vez sí y me miró como diciendo que eso a ella no le importaba. Tal vez pensó que yo había soltado al halcón después de la muerte del padre Antonio o tal vez pensó que yo había matado al halcón siguiendo las instrucciones del padre Antonio. En cualquier caso no dijo nada. Al día siguiente me marché de Burgos y estuve en Madrid, en donde no se preocupaban por el deterioro de sus iglesias, pero en donde atendí otros problemas. Y luego tomé el tren y viajé hasta Namur, en Bélgica, en donde el padre Charles, de la iglesia de Nuestra Señora de los Bosques, tenía un halcón llamado Ronnie, e hice buena amistad con el padre Charles, con quien solía salir en bicicleta a pasear por los bosques que circundan la ciudad, provistos de sendas canastas en donde portábamos viandas frías y siempre una botella de vino, e incluso una tarde me confesé con el padre Charles a orillas de un río, afluente de un río mayor, entre la hierba y las flores silvestres y los grandes encinos, pero no le dije nada del padre Antonio ni de su halcón Rodrigo a quien yo había perdido aquella noche diamantina y sin remedio de Burgos. Y luego tomé el tren y me despedí del espléndido padre Charles y me dirigí hacia San Quintín, en Francia, en donde me aguardaba el padre Paul, de la iglesia de San Pedro y San Pablo, una joyita gótica, y con el padre Paul y con su halcón Fiebre nos ocurrió una cosa divertida y curiosa, pues una mañana salimos a despejar el cielo de palomas y no había palomas, para disgusto de mi anfitrión, que era joven y estaba orgulloso de su animal, al que reputaba el mejor de entre las rapaces, y la plaza de la iglesia de San Pedro y San Pablo estaba cerca de la plaza del Ayuntamiento, en donde oíamos un murmullo que al padre Paul no le gustaba, y allí estábamos él y yo y Fiebre esperando el momento cuando de repente vimos una paloma que se alzaba por encima de los tejados rojos que circundaban la plaza, y el padre Paul soltó a su halcón y éste en menos de lo que canta un gallo dio buena cuenta de la paloma que provenía de la plaza del Ayuntamiento y parecía dirigirse a la torre mayor de la pequeña y hermosísima iglesia de San Pedro y San Pablo, y la paloma cayó fulminada por Fiebre y entonces se alzó un murmullo estupefacto en la plaza del Ayuntamiento de San Quintín, y el padre Paul y yo, en vez de huir, dejamos atrás la plaza de la Iglesia y encaminamos nuestros pasos a la plaza del Ayuntamiento, y allí estaba la paloma, que era de color blanco, ensangrentando ahora las piedras de la calle, y había mucha gente a su alrededor, incluido el alcalde de San Quintín y una numerosa representación de deportistas, y sólo entonces comprendimos que la paloma que Fiebre había eliminado era el símbolo de una manifestación atlética y que los atletas estaban disgustados o compungidos, así como las damas de la sociedad de San Quintín que apadrinaban la carrera y de quienes había surgido la idea de iniciar ésta con el vuelo de una paloma, y también estaban disgustados los comunistas de San Quintín, que habían secundado la idea de las damas principales del pueblo, aunque para ellos aquella paloma muerta y antes viva y volandera no era la paloma de la concordia ni de la paz en el esfuerzo deportivo sino la paloma de Picasso, un pájaro de doble intención, y en resumidas cuentas todas las fuerzas vivas estaban disgustadas, menos los niños que buscaban maravillados la sombra de Fiebre en el cielo y que se acercaron al padre Paul a preguntarle detalles seudotécnicos o seudocientíficos sobre su portentosa ave, y el padre Paul, con una sonrisa en los labios, pidió perdón a los presentes, movió las manos como diciendo disculpen, un error lo tiene cualquiera, y luego se dedicó a complacer a los pequeños con respuestas a veces exageradas pero siempre cristianas. Y después me fui a París, en donde estuve cerca de un mes escribiendo poesía, frecuentando museos y bibliotecas, visitando iglesias que me llenaban los ojos de lágrimas, tan hermosas eran, bosquejando a ratos perdidos mi informe sobre protección de monumentos de interés nacional, con especial hincapié en el uso de halcones, enviando a Chile mis crónicas literarias y mis reseñas, leyendo libros que me enviaban de Santiago, comiendo y paseando. De vez en cuando, y sin que viniera a cuento, el señor Odeim me mandaba una cartita. Una vez a la semana acudía a la embajada chilena, en donde solía leer los periódicos de la patria y hablar con el agregado cultural, un tipo simpático, muy chileno, muy cristiano, no demasiado culto, que aprendía francés resolviendo los crucigramas que aparecían en *Le Figaro*. Después viajé a Alemania, recorrí Baviera, estuve en Austria, en Suiza. Después volví a España. Recorrí Andalucía. No me gustó demasiado. Estuve otra vez en Navarra. Espléndida. Viajé por tierras gallegas. Estuve en Asturias y las Vascongadas. Tomé un tren con destino a Italia. Fui a Roma. Me arrodillé ante el Santo Padre. Lloré. Tuve sueños inquietantes. Veía mujeres que se rasgaban las vestiduras. Veía al padre Antonio, el cura de Burgos, que antes de morir abría un ojo y me decía: esto está muy malo, amiguito. Veía una bandada de halcones, miles de halcones que volaban a gran altura por encima del océano Atlántico, en dirección a América. A veces el sol se ennegrecía en mis sueños. Otras veces aparecía un cura alemán, muy obeso, y me contaba un chiste. Me decía: padre Lacroix, le voy a contar un chiste. Está el Papa con un teólogo alemán, hablando tranquilamente en una de las habitaciones del Vaticano. De repente aparecen dos arqueólogos franceses, muy excitados y nerviosos, y le dicen al Santo Padre que acaban de volver de Israel y que le traen dos noticias, una muy buena y la otra más bien mala. El Papa les suplica que hablen de una vez, que no lo tengan en ascuas. Los franceses, atropellándose, dicen que la buena noticia es que han encontrado el Santo Sepulcro. ¿El Santo Sepulcro?, dice el Papa. El Santo Sepulcro. Sin la más mínima duda. El Papa llora de emoción. ¿Cuál es la mala noticia?, pregunta secándose las lágrimas. Que en el interior del Santo Sepulcro hemos encontrado el cadáver de Jesucristo. El Papa se desmaya. Los franceses se abalanzan a echarle aire. El teólogo alemán, que es el único tranquilo, dice: ah, ¿pero entonces Jesucristo existió realmente? Sordel, Sordello, ese Sordello, el maestro Sordello. Un día decidí que ya era tiempo de regresar a Chile. Volví en avión. La situación en la patria no era buena. No hay que soñar sino ser consecuente, me decía. No hay que perderse tras una quimera sino ser patriota, me decía. En Chile las cosas no iban bien. Para mí las cosas iban bien, pero para la patria no iban bien. No soy un nacionalista exacerbado, sin embargo siento un amor auténtico por mi país. Chile, Chile. ¿Cómo has podido cambiar tanto?, le decía a veces, asomado a mi ventana abierta, mirando el reverbero de Santiago en la lejanía. ¿Qué te han hecho? ¿Se han vuelto locos los chilenos? ¿Quién tiene la culpa? Y otras veces, mientras caminaba por los pasillos del colegio o por los pasillos del periódico, le decía: ¿Hasta cuándo piensas seguir así, Chile? ¿Es que te vas a convertir en otra cosa? ¿En un monstruo que ya nadie reconocerá? Después vinieron las elecciones y ganó Allende. Y yo me acerqué al espejo de mi habitación y quise formular la pregunta crucial, la que tenía reservada para ese momento, y la pregunta se negó a salir de mis labios exangües. Aquello no había quien lo aguantara. La noche del triunfo de Allende salí y fui caminando hasta la casa de Farewell. Me abrió la puerta él mismo. Qué envejecido estaba. Por aquel entonces Farewell debía de rondar los ochenta años o quizás más y ya no me tocaba la cintura ni las caderas cuando nos veíamos. Pasa, Sebastián, me dijo. Lo seguí hasta la sala. Farewell estaba haciendo unas llamadas telefónicas. Al primero que llamó fue a Neruda. No pudo establecer contacto con él. Luego llamó a Nicanor Parra. Lo mismo. Yo me dejé caer en un sillón y me cubrí la cara con las manos. Todavía oí cómo Farewell discaba los números de cuatro o cinco poetas más, sin ningún resultado. Nos pusimos a beber. Sugerí que llamara, si eso lo tranquilizaba, a algunos poetas católicos que ambos conocíamos. Ésos son los peores, dijo Farewell, deben de estar todos en la calle, celebrando el triunfo de Allende. Al cabo de unas horas Farewell se quedó dormido en una silla. Quise llevarlo hasta la cama, pero pesaba demasiado y lo dejé allí. Cuando volví a mi casa me puse a leer a los griegos. Que sea lo que Dios quiera, me dije. Yo voy a releer a los griegos. Empecé con Homero, como manda la tradición, y seguí con Tales de Mileto y Jenófanes de Colofón y Alcmeón de Crotona y Zenón de Elea (qué bueno era), y luego mataron a un general del ejército favorable a Allende y Chile restableció relaciones diplomáticas con Cuba y el censo nacional registró un total de 8.884.768 chilenos y por la televisión empezaron a transmitir la telenovela *El derecho de nacer*, y yo leí a Tirteo de Esparta y a Arquíloco de Paros y a Solón de Atenas y a Hiponacte de Éfeso y a Estesícoro de Himera y a Safo de Mitilene y a Teognis de Megara y a Anacreonte de Teos y a Píndaro de Tebas (uno de mis favoritos), y el gobierno nacionalizó el cobre y luego el salitre y el hierro y Pablo Neruda recibió el Premio Nobel y Díaz Casanueva el Premio Nacional de Literatura y Fidel Castro visitó el país y muchos creyeron que se iba a quedar a vivir acá para siempre y mataron al ex ministro de la Democracia Cristiana Pérez Zujovic y Lafourcade publicó *Palomita blanca* y yo le hice una buena crítica, casi una glosa triunfal, aunque en el fondo sabía que era una novelita que no valía nada, y se organizó la primera marcha de las cacerolas en contra de Allende y yo leí a Esquilo y a Sófocles y a Eurípides, todas las tragedias, y a Alceo de Mitilene y a Esopo y a Hesiodo y a Heródoto (que es un titán más que un hombre), y en Chile hubo escasez e inflación y mercado negro y largas colas para conseguir comida y la Reforma Agraria expropió el fundo de Farewell y muchos otros fundos y se creó la Secretaría Nacional de la Mujer y Allende visitó México y la Asamblea de las Naciones Unidas en Nueva York y hubo atentados y yo leí a Tucídides, las largas guerras de Tucídides, los ríos y las llanuras, los vientos y las mesetas que cruzan las páginas oscurecidas por el tiempo, y los hombres de Tucídides, los hombres armados de Tucídides y los hombres desarmados, los que recolectan la uva y los que miran desde una montaña el horizonte lejano, ese horizonte en donde estaba yo confundido con millones de seres, a la espera de nacer, ese horizonte que miró Tucídides y en donde yo temblaba, y también releí a Demóstenes y a Menandro y a Aristóteles y a Platón (que siempre es provechoso), y hubo huelgas y un coronel de un regimiento blindado intentó dar un golpe y un camarógrafo murió filmando su propia muerte y luego mataron al edecán naval de Allende y hubo disturbios, malas palabras, los chilenos blasfemaron, pintaron las paredes, y luego casi medio millón de personas desfiló en una gran marcha de apoyo a Allende, y después vino el golpe de Estado, el levantamiento, el pronunciamiento militar, y bombardearon La Moneda y cuando terminó el bombardeo el presidente se suicidó y acabó todo. Entonces yo me quedé quieto, con un dedo en la página que estaba leyendo, y pensé: qué paz. Me levanté y me asomé a la ventana: qué silencio. El cielo estaba azul, un azul profundo y limpio, jalonado aquí y allá por algunas nubes. A lo lejos vi un helicóptero. Sin cerrar la ventana me arrodillé y recé, por Chile, por todos los chilenos, por los muertos y por los vivos. Después llamé a Farewell por teléfono. ¿Cómo se siente?, le dije. Estoy bailando en una patita, me contestó. Los días que siguieron fueron extraños, era como si todos hubiéramos despertado de golpe de un sueño a la vida real, aunque en ocasiones la sensación era diametralmente opuesta, como si de golpe todos estuviéramos soñando. Y nuestra cotidianidad se desarrollaba conforme a esos parámetros anormales: en los sueños todo puede ocurrir y uno *acepta* que todo ocurra. Los movimientos son diferentes. Nos movemos como gacelas o como el tigre sueña a las gacelas. Nos movemos como una pintura de Vassarely. Nos movemos como si no tuviéramos sombra y como si ese hecho atroz no nos importara. Hablamos. Comemos. Pero en realidad estamos intentando no pensar que hablamos, no pensar que comemos. Una noche me enteré de que había muerto Neruda. Llamé a Farewell por teléfono. Ha muerto Pablo, le dije. De cáncer, de cáncer, dijo Farewell. Sí, de cáncer, dije yo. ¿Vamos a ir al funeral? Yo sí, dijo Farewell. Voy con usted, le dije. Cuando colgué el teléfono me pareció una conversación soñada. Al día siguiente fuimos al cementerio. Farewell iba muy elegante. Parecía un buque fantasma, pero iba muy elegante. Me van a devolver mi fundo, me dijo al oído. El cortejo fúnebre era numeroso y a medida que caminábamos se fue añadiendo más gente. Qué cabros más buenos mozos, dijo Farewell. Contrólese, le dije. Lo miré a la cara: Farewell les iba guiñando el ojo a unos desconocidos. Eran jóvenes y parecían malhumorados, pero a mí me parecieron surgidos de un sueño en donde el mal humor y el buen humor sólo eran accidentes metafísicos. Oí que alguien, detrás de nosotros, reconocía a Farewell y decía es Farewell, el crítico. Palabras que salían de un sueño y entraban en otro sueño. Luego alguien se puso a gritar. Un histérico. Otros histéricos le corearon el estribillo. ¿Qué es esta ordinariez?, preguntó Farewell. Unos roteques, le respondí, no se preocupe, ya estamos llegando al cementerio. ¿Y dónde va Pablo?, preguntó Farewell. Allí delante, en el ataúd, le dije. No sea imbécil, dijo Farewell, todavía no me he vuelto un viejo gagá. Perdone, dije yo. Está perdonado, dijo Farewell. Qué pena que los entierros ya no sean como antes, dijo Farewell. En efecto, dije yo. Con panegíricos y despedidas de todo tipo, dijo Farewell. A la francesa, dije yo. Le hubiera escrito un discurso precioso a Pablo, dijo Farewell, y se puso a llorar. Debemos de estar soñando, pensé yo. Al marcharnos del cementerio, tomados del brazo, vi a un tipo que dormía apoyado en una tumba. Un temblor me recorrió la columna vertebral. Los días que siguieron fueron bastante plácidos y yo estaba cansado de leer a tantos griegos. Así que volví a frecuentar la literatura chilena. Intenté escribir algún poema. Al principio sólo me salían yambos. Después no sé lo que me pasó. De angélica mi poesía se tornó demoníaca. Tentado estuve, muchos atardeceres, de mostrarle mis versos a mi confesor, pero no lo hice. Escribía sobre mujeres a las que zahería sin piedad, escribía sobre invertidos, sobre niños perdidos en estaciones de trenes abandonadas. Mi poesía siempre había sido, para decirlo en una palabra, apolínea, y lo que ahora me salía más bien era, por llamarlo tentativamente de algún modo, dionisíaco. Pero en realidad no era poesía dionisíaca. Tampoco demoníaca. Era rabiosa. ¿Qué me habían hecho esas pobres mujeres que aparecían en mis versos? ¿Acaso alguna me había engañado? ¿Qué me habían hecho esos pobres invertidos? Nada. Nada. Ni las mujeres ni los maricas. Y mucho menos, por Dios, los niños. ¿Por qué, entonces, aparecían esos desventurados niños enmarcados en esos paisajes corruptos? ¿Acaso alguno de esos niños era yo mismo? ¿Acaso eran los hijos que nunca iba a tener? ¿Acaso se trataba de los hijos perdidos de otros seres perdidos a quienes nunca conocería? ¿Pero por qué entonces tanta rabia? Mi vida cotidiana, sin embargo, era de lo más tranquila. Hablaba a media voz, nunca me enojaba, era puntual y ordenado. Cada noche rezaba y conciliaba el sueño sin problemas. A veces tenía pesadillas, pero por aquel tiempo, quien más, quien menos, todo el mundo sufría alguna pesadilla de vez en cuando. Por las mañanas, pese a todo, me despertaba descansado, con el ánimo dispuesto a afrontar las tareas de la jornada. Una mañana, precisamente, me dijeron que tenía visitas que me esperaban en la sala. Terminé de lavarme y bajé. Sentado en una banca de madera pegada a la pared vi al señor Odeim. De pie, estudiando un cuadro de un pintor autodenominado expresionista (aunque en realidad se trataba de un impresionista), se hallaba el señor Oido con las manos cruzadas en la espalda. Cuando me vieron ambos sonrieron como se le sonríe a un viejo amigo. Los invité a desayunar. Sorprendentemente dijeron que ya hacía rato que habían desayunado, aunque el reloj de pared apenas marcaba unos minutos pasadas las ocho. Accedieron a tomar un té conmigo, sólo por acompañarme. Mi desayuno no consiste en mucho más que eso, les dije, un té solo, tostadas con mantequilla y mermelada, y un jugo de naranja. Un desayuno equilibrado, dijo el señor Odeim. El señor Oido no dijo nada. La empleada sirvió el desayuno, por expreso deseo mío, en la galería de la casa, con vista al jardín y a los árboles que tapan en parte los muros del colegio vecino. Somos portadores de una propuesta muy delicada, dijo el señor Odeim. Asentí con la cabeza y no dije nada. El señor Oido había cogido una de mis tostadas y la estaba untando de mantequilla. Algo que exige una reserva máxima, dijo el señor Odeim, sobre todo ahora, en esta situación. Dije que sí, claro, que comprendía. El señor Oido le dio un mordisco a la tostada y contempló las tres enormes araucarias que se alzaban catedralicias en el parque y que eran el orgullo del colegio. Usted ya sabe, padre Urrutia, cómo son los chilenos, siempre tan copuchentos, sin mala intención, eso que quede claro, pero copuchentos como el que más. No dije nada. El señor Oido se acabó de tres mordiscos la tostada y empezó a ponerle mantequilla a otra. ¿Con esto qué quiero decirle?, se preguntó retóricamente el señor Odeim. Pues que el asunto que nos ha traído aquí requiere una reserva absoluta. Dije que sí, que comprendía. El señor Oido se sirvió más té y llamó con un chasquido del pulgar y el dedo medio a la empleada para que le trajera un poco de leche. ¿Qué es lo que comprende?, preguntó el señor Odeim con una sonrisa franca y amistosa. Que exigen de mi parte discreción absoluta, dije. Más que eso, dijo el señor Odeim, mucho más, discreción superabsoluta, discreción y reserva extraordinariamente absoluta. Me hubiera gustado corregirlo, pero no lo hice, pues deseaba saber qué era lo que pretendían de mí. ¿Sabe usted algo de marxismo?, dijo el señor Oido tras limpiarse los labios con la servilleta. Algo, sí, pero por motivos estrictamente intelectuales, dije. Es decir, no hay nadie más alejado de esa doctrina que yo, eso cualquiera se lo puede decir. ¿Pero sabe o no sabe? Lo justito, dije cada vez más nervioso. ¿Hay libros de marxismo en su biblioteca?, dijo el señor Oido. Dios mío, no es mi biblioteca, es la biblioteca de nuestra comunidad, supongo que alguno habrá, pero sólo para consultas, para fundamentar algún trabajo filosófico tendente a negar, precisamente, el marxismo. Pero usted, padre Urrutia, tiene su propia biblioteca, como quien dice su biblioteca personal y privada, algunos libros aquí, en el colegio, y otros en su casa, en la casa de su madre, ¿o me equivoco? No, no se equivoca, murmuré. ¿Y en su biblioteca privada hay o no hay libros de marxismo?, dijo el señor Oido. Por favor, conteste sí o no, me suplicó el señor Odeim. Sí, dije. ¿Y llegado el caso se podría afirmar que usted sabe algo o más que algo de marxismo?, dijo el señor Oido clavándome fijamente su mirada escrutadora. Miré al señor Odeim buscando ayuda. Éste me hizo un gesto con los ojos que no entendí: podía ser un gesto de acatamiento o un gesto de complicidad. No sé qué decir, dije. Diga algo, dijo el señor Odeim. Ustedes me conocen, yo no soy marxista, dije. ¿Pero conoce o no conoce, digamos, las bases del marxismo?, dijo el señor Oido. Eso lo sabe cualquiera, dije. O sea, que no es muy difícil aprender marxismo, dijo el señor Oido. No, no es muy difícil, dije temblando de pies a cabeza y experimentando la sensación de cosa soñada más fuerte que nunca. El señor Odeim me palmeó una pierna. El gesto fue cariñoso pero yo casi pegué un salto. Si no es difícil aprenderlo, tampoco será difícil enseñarlo, dijo el señor Oido. Guardé silencio hasta que comprendí que aguardaban una palabra mía. No, dije, no debe de ser muy difícil enseñarlo. Yo nunca lo he enseñado, apostillé. Ahora tiene la ocasión, dijo el señor Oido. Es un servicio a la patria, dijo el señor Odeim. Un servicio que se realiza en la oscuridad y la mudez, lejos del fulgor de las medallas, añadió. Hablando en plata, un servicio que debe llevarse a cabo con la boca cerrada, dijo el señor Oido. Punto en boca, dijo el señor Odeim. Labios sellados, dijo el señor Oido. Silencioso como una tumba, dijo el señor Odeim. Nada de andar por ahí presumiendo de esto o de lo otro, ya me entiende, un modelo de discreción, dijo el señor Oido. ¿Y en qué consiste ese trabajo tan delicado?, dije. En darles unas cuantas clases de marxismo, no muchas, lo suficiente para que se hagan una idea, a unos caballeros a quienes todos los chilenos les debemos mucho, dijo el señor Odeim acercando su cabeza a la mía y echándome sobre la nariz una vaharada de cloaca. No pude evitar arrugar el ceño. Mi gesto de desagrado hizo que el señor Odeim se sonriera. No se rompa el cráneo, me dijo, jamás adivinaría de quiénes se trata. Y si acepto, ¿cuándo empezarían las clases?, porque la verdad es que ahora tengo muchísimo trabajo acumulado, dije. No se haga el cartucho con nosotros, dijo el señor Oido, éste es un trabajo que nadie puede rechazar. Que nadie querría rechazar, dijo el señor Odeim conciliador. Consideré que había pasado el peligro y que era hora de mostrarse duro. ¿Quiénes son mis alumnos?, dije. El general Pinochet, dijo el señor Oido. Tragué aire. ¿Y quién más? El general Leigh, el almirante Merino y el general Mendoza, pues, ¿quiénes otros?, dijo bajando la voz el señor Odeim. Tengo que prepararme, dije, no es un asunto que pueda tomarse a la ligera. Las clases tienen que empezar dentro de una semana, ¿le parece tiempo suficiente? Dije que sí, que lo ideal habría sido dos semanas, pero que con una ya me las arreglaría. Después el señor Odeim habló de mis honorarios. Es un servicio a la patria, dijo, pero uno también tiene que comer. Probablemente le di la razón. No recuerdo qué más nos dijimos. La semana transcurrió inmersa en la misma atmósfera de sueño tranquilo de las semanas precedentes. Una tarde, al salir de la redacción del periódico, un automóvil me estaba esperando. Fuimos al colegio a buscar mis apuntes y después el auto se perdió en la noche de Santiago. Junto a mí, en el asiento trasero, iba un coronel, el coronel Pérez Larouche, que se encargó de entregarme un sobre que no quise abrir y que volvió a insistir en lo que ya me habían encarecido los señores Odeim y Oido: la discreción absoluta en todo lo referente a mi nuevo trabajo. Le aseguré que podía contar con ella. Entonces no se hable más del asunto y disfrutemos del viaje, dijo el coronel Pérez Larouche, al tiempo que me ofrecía un vaso de whisky que rechacé. ¿Es por el hábito?, dijo. Sólo en ese momento me di cuenta de que al llegar al colegio me había cambiado el terno con el que había acudido al periódico por el hábito de sacerdote. Negué con la cabeza. Pérez Larouche dijo que conocía a varios curas buenos para el trago. Le dije que me parecía improbable que en Chile hubiera alguien, cura o no, bueno para el trago. Aquí somos más bien malos para el trago. Tal como esperaba, Pérez Larouche no se mostró de acuerdo. Mientras lo oía sin escucharle, me puse a pensar en los motivos que me habían hecho cambiar de vestidura. ¿Es que pretendía aparecer, también yo, uniformado ante mis ilustres alumnos? ¿Es que temía algo y la sotana era mi valladar ante un peligro cierto e indiscernible? Quise abrir las cortinas que velaban las ventanillas del coche y no pude. Una vara metálica hacía imposible correrlas. Es una medida de seguridad, dijo Pérez Larouche, que no paraba de enumerar vinos chilenos y borrachos chilenos inasequibles al desaliento, como si estuviera recitando, sin saberlo y pese a él, un poema desquiciado de Pablo de Rokha. Después el coche entró en un parque y se detuvo delante de una casa con sólo la luz de la puerta principal encendida. Seguí a Pérez Larouche. Éste se dio cuenta de que miraba buscando a los soldados de guardia y me explicó que una buena guardia es aquella que no se ve. ¿Pero hay guardia?, dije. Por supuesto, y todos con el dedo en el gatillo. Me alegra saberlo, dije. Entramos en una sala cuyos muebles y paredes eran de un blanco cegador. Tome asiento, dijo Pérez Larouche, ¿qué quiere beber? Un té, sugerí. Un té, excelente, dijo Pérez Larouche, y salió de la habitación. Me quedé solo, de pie. Estaba seguro de que me estaban filmando. Dos espejos, en marcos de madera con un baño de pan de oro, resultaban idóneos para tal fin. A lo lejos oí voces, gente que discutía o que celebraba un chiste. Después, otra vez silencio. Oí pasos y una puerta que se abría: un camarero vestido de blanco, con una bandeja de plata, me sirvió una taza de té. Le di las gracias. Murmuró algo que no entendí y desapareció. Al ponerle azúcar al té vi mi rostro reflejado en la super-

107

ficie. ¿Quién te ha visto, Sebastián, y quién te ve?, me dije. Ganas me dieron de tirar la taza contra una de las impolutas paredes, ganas me dieron de sentarme con la taza entre las rodillas y llorar, ganas me dieron de hacerme pequeño y sumergirme en la infusión tibia y nadar hasta el fondo, donde descansaban como grandes trozos de diamantes los granos de azúcar. Permanecí hierático, inexpresivo. Puse cara de aburrimiento. Revolví la taza y probé el té. Bueno. Buen té. Bueno para los nervios. Luego oí pasos en el corredor, no el corredor por el que yo había llegado, sino otro que desembocaba en una puerta que tenía enfrente de mí. La puerta se abrió y entraron los edecanes o los ayudantes, uniformados todos, y luego un grupo de asistentes o de oficiales jóvenes, y luego hizo su aparición la Junta de Gobierno al completo. Me puse de pie. De reojo me vi reflejado en un espejo. Los uniformes brillaban ora como cartulinas de colores, ora como un bosque en movimiento. Mi sotana negra, amplísima, pareció absorber en un segundo toda la gama de colores. Aquella noche, la primera, hablamos de Marx y Engels. De la infancia de Marx y Engels. Después comentamos el *Manifiesto del partido comunista* y el *Mensaje del comité central a la liga de los comunistas.* Como libro de lectura les dejé el *Manifiesto* y *Los conceptos elementales del materialismo histórico,* de nuestra compatriota Marta Harnecker. En la segunda clase, una semana después, hablamos de *Las luchas de clases en Francia de 1848 a 1850,* y de *El dieciocho brumario de Luis Bonaparte,* y el almirante Merino me preguntó si conocía personalmente a Marta Harnecker y que si así era qué pensaba de ella. Le respondí que no la conocía personalmente, que era discípula de Althusser (ignoraba quién era Althusser; se lo dije), y que había estudiado en Francia, como muchos chilenos. ¿Es buena moza? Creo que sí, dije. En la tercera clase volvimos sobre el *Manifiesto*. Según el general Leigh se trataba de un texto primitivo en estado puro. No especificó más. Pensé que se estaba burlando de mí, pero no tardé en descubrir que lo decía en serio. Tengo que pensar sobre esto, me dije a mí mismo. El general Pinochet parecía muy cansado. Vestía, al contrario que en las dos ocasiones anteriores, uniforme militar. Pasó toda la clase derrumbado en un sillón, tomando de vez en cuando notas, sin sacarse las gafas negras. Durante unos minutos creo que se durmió, aferrado firmemente a su lapicero. A la cuarta clase sólo asistieron el general Pinochet y el general Mendoza. Ante mi indecisión el general Pinochet me ordenó que siguiéramos como si los otros dos estuvieran allí, y de manera simbólica así era, pues entre el resto de los asistentes reconocí a un capitán de la Marina y a un general de la Fuerza Aérea. Les hablé de *El Capital* (llevaba preparado un resumen de tres páginas) y de *La guerra civil en Francia*. El general Mendoza no hizo ninguna pregunta a lo largo de toda la clase, limitándose a tomar notas. En el escritorio había varios ejemplares de *Los conceptos elementales del materialismo histórico* y al acabar la clase el general Pinochet les dijo a los asistentes que cogieran uno y se lo llevaran. A mí me guiñó un ojo y se despidió con un apretón de manos. Nunca como entonces me pareció más entrañable. En la quinta clase hablé de *Salario, precio y ganancia* y volví a tocar el *Manifiesto*. Al cabo de una hora el general Mendoza dormía profundamente. No se preocupe, me dijo el general Pinochet, venga conmigo. Lo seguí hasta un ventanal desde donde se dominaba el parque posterior de la casa. Una luna redonda rielaba sobre la superficie regular de una piscina. Abrió la ventana. A nuestras espaldas oí las voces en sordina de los generales hablando de Marta Harnecker. De entre los macizos de flores se levantaba un aroma gustosísimo que se extendía por todo el parque. Un pájaro cantó y acto seguido, desde el mismo parque o desde un jardín vecino, otro pájaro de su misma especie le contestó, y después oí un aletear que pareció rasgar la noche y luego volvió, incólume, el silencio profundo. Caminemos, dijo el general. Como si fuera un mago, nada más franquear el ventanal y adentrarnos en aquel jardín encantado se encendieron las luces del parque, unas luces diseminadas aquí y allá con un gusto exquisito. Hablé entonces de *El origen de la familia, la propiedad privada y el estado,* escrita en solitario por Engels, y a cada explicación mía el general asentía, y de tanto en tanto me realizaba preguntas pertinentes, y a veces ambos callábamos y mirábamos la luna que vagaba sola por el espacio infinito. Tal vez fuera esa visión la que me dio la audacia de preguntarle si conocía a Leopardi. Dijo que no. Preguntó quién era. Nos detuvimos.

Asomados al ventanal, los demás generales contemplaban la noche. Un poeta italiano del siglo XIX, le dije. Esta luna, le dije, si me permite el atrevimiento, mi general, consigue evocarme dos poemas suyos, *El infinito* y el *Canto nocturno de un pastor errante de Asia*. El general Pinochet no expresó el más mínimo interés. Le recité, mientras caminaba a su lado, los versos de *El infinito* que me sabía de memoria. Buena poesía, dijo. En la sexta clase volvimos a estar todos: el general Leigh me causó la impresión de ser un alumno muy adelantado, el almirante Merino era más que nada una persona cordial y de una conversación exquisita, el general Mendoza, como era habitual en él, permaneció en silencio y se aplicó en tomar apuntes. Hablamos de Marta Harnecker. El general Leigh dijo que la señora en cuestión tenía amistad íntima con un par de cubanos. El almirante confirmó la información. ¿Es eso posible?, dijo el general Pinochet. ¿Puede ser eso posible? ¿Hablamos de una mujer o de una perra? ¿La información es correcta? Correcta, dijo Leigh. A mí se me ocurrió un poema sobre una mujer perdida cuyos primeros versos y la idea básica memoricé aquella noche, mientras hablaba de *Los conceptos elementales del materialismo histórico* y volvía a hacer hincapié en algunos puntos del *Manifiesto* que no acababan de ser entendidos cabalmente. En la séptima clase hablé de Lenin y Trotski y Stalin y de las diversas y antagónicas tendencias del marxismo en el planeta. Hablé de Mao, de Tito, de Fidel Castro. Todos (aunque el general Mendoza estuvo ausente de la séptima clase) habían leído o estaban leyendo *Los conceptos elementales del materialismo histórico* y cuando la clase empezó a languidecer volvimos a hablar de Marta Harnecker. También recuerdo que hablamos de las virtudes como militar de Mao. El general Pinochet dijo que allí el que tenía dotes como militar no era Mao sino otro chino, al que mencionó con sus nombres y apellidos impronunciables y que yo, por supuesto, no retuve. El general Leigh dijo que Marta Harnecker probablemente trabajaba para la Seguridad del Estado cubana. ¿Es correcta la información? Es correcta. Durante la octava clase volví a hablar de Lenin y estudiamos el *¿Qué hacer?*, y luego repasamos el *Libro rojo* de Mao (que a Pinochet le pareció muy corriente, muy simple), y luego volvimos a hablar de *Los conceptos elementales del materialismo histórico,* de Marta Harnecker. Durante la novena clase les hice preguntas relacionadas con este último libro. Las respuestas fueron, en general, satisfactorias. La décima clase fue la última. Sólo asistió el general Pinochet. Hablamos de religión, no de política. Al despedirme me dio un obsequio en su nombre y en el de los demás miembros de la Junta. No sé por qué yo había pensado que la despedida iba a ser más emotiva. No lo fue. Fue una despedida en cierto modo fría, correctísima, condicionada por los imperativos de un hombre de Estado. Le pregunté si las clases habían sido de alguna utilidad. Por supuesto, dijo el general. Le pregunté si había estado a la altura de lo que de mí se esperaba. Váyase con la conciencia tranquila, me aseguró, su trabajo ha sido perfecto. El coronel Pérez La- rouche me acompañó hasta mi casa. Cuando llegué, a las dos de la mañana, después de atravesar las calles vacías de Santiago, la geometría del toque de queda, no pude dormir ni supe qué hacer. Me puse a dar vueltas por el cuarto mientras una marea creciente de imágenes y de voces se agolpaban en mi cerebro. Diez clases, me decía a mí mismo. En realidad, sólo nueve. Nueve clases. Nueve lecciones. Poca bibliografía. ¿Lo he hecho bien? ¿Aprendieron algo? ¿Enseñé algo? ¿Hice lo que tenía que hacer? ¿Hice lo que debía ha- cer? ¿Es el marxismo un humanismo? ¿Es una teoría demoníaca? ¿Si les contara a mis amigos escritores lo que había hecho obtendría su aprobación? ¿Algunos manifestarían un rechazo absoluto por lo que había hecho? ¿Algunos comprenderían y perdonarían? ¿Sabe un hombre, *siempre*, lo que está bien y lo que está mal? En un momento de mis cavilaciones me eché a llorar desconsoladamente, estirado en la cama, echán- doles la culpa de mis desgracias (intelectuales) a los señores Odeim y Oido, que fueron los que me intro- dujeron en esta empresa. Después, sin darme cuenta, me quedé dormido. Esa semana comí con Farewell. No podía aguantar más el peso, o tal vez sería más adecuado decir el movimiento, las oscilaciones a veces pendulares y a veces circulares, de mi conciencia, la bruma fosforescente, pero de una fosforescencia apa- gada, como de pantano en la hora del ángelus, en que se movía mi lucidez arrastrándome consigo. Así que mientras tomábamos el aperitivo se lo dije. Le conté, pese a las admoniciones de reserva extrema que me había encarecido el coronel Pérez Larouche, mi extraña aventura como profesor de aquellos ilustres y secretos alumnos. Y Farewell, que hasta entonces parecía flotar en una apatía monosilábica a la que su edad lo llevaba cada vez con mayor frecuencia, paró la oreja y me rogó que le contara la historia completa, sin omitir nada. Y eso fue lo que hice, le conté la forma en que me habían contactado, la casa en Las Condes en donde di las clases, la respuesta positiva de mis alumnos, receptivos como los que más, su interés que no decrecía aunque algunas charlas fueron a altas horas de la noche, el estipendio recibido por mi cometido, y otras pequeñeces que ahora no viene a cuento ni siquiera recordar. Y entonces Farewell me miró achicando los ojos, como si de pronto no me conociera o descubriera en mi rostro otro rostro o experimentara un amargo acceso de envidia por mi inédita situación en las esferas del poder, y me preguntó, con voz que adiviné contenida, como si sólo fuera capaz, de momento, de liberar la mitad de la pregunta, cómo era el general Pinochet. Y yo me encogí de hombros, como suelen hacer los personajes de una novela y jamás los seres humanos reales. Y Farewell dijo: algo tiene que tener el caballero que lo haga excepcional. Y yo volví a encogerme de hombros. Y Farewell dijo: piense un poco, Sebastián, con un tonito de voz que lo mismo hubiera podido decir o significar piensa un poco, curita de mierda. Y yo me encogí de hombros e hice como que pensaba. Y los ojos de Farewell, achinados,

114

seguían intentando taladrar mis ojos con una ferocidad senil. Y entonces recordé la primera vez que hablé con el general, en una soledad relativa, antes de la segunda o de la tercera clase, unos minutos antes, cuando yo estaba con mi taza de té en las rodillas y el general, vestido con uniforme, imponente y soberano, se acercó hacia mí y me preguntó si sabía lo que leía Allende. Y yo puse la taza de té en la bandeja y me levanté. Y el general dijo siéntese, padre. O tal vez no dijo nada y sólo hizo el gesto con una mano para que me sentara. Y luego dijo algo que aludía a la clase inminente, algo que aludía a un pasillo de altas paredes, algo que aludía a un tropel de alumnos. Y yo sonreí beatíficamente y asentí. Y entonces el general me hizo la pregunta, si sabía lo que leía Allende, si creía que Allende era un intelectual. Y yo no supe, pillado por sorpresa, qué contestar, le dije a Farewell. Y el general me dijo: todo el mundo ahora lo presenta como un mártir y como un intelectual, porque los mártires a secas ya no interesan demasiado, ¿verdad? Y yo incliné la cabeza y sonreí beatíficamente. Pero no era un intelectual, a menos que existan los intelectuales que no leen y que no estudian, dijo el general, ¿usted que cree? Me encogí de hombros como un pajarillo herido. No existen, dijo el general. Un intelectual debe leer y estudiar o no es un intelectual, eso lo sabe hasta el más tonto. ¿Y qué cree usted que leía Allende? Moví levemente la cabeza y sonreí. Revistitas. Sólo leía revistitas. Resúmenes de libros. Artículos que sus secuaces le recortaban. Lo sé de buena fuente, créame.

Siempre lo había sospechado, susurré. Pues sus sospechas estaban completamente fundadas. ¿Y qué cree usted que leía Frei? No lo sé, mi general, murmuré ya con más confianza. Nada. No leía nada. Por no leer ni siquiera leía la Biblia. ¿Eso a usted, como sacerdote, qué le parece? No tengo una opinión definida al respecto, mi general, balbuceé. Yo creo que uno de los fundadores de la Democracia Cristiana al menos podría leer la Biblia, ¿no?, dijo el general. Es posible, rumoreé. Lo hago notar sin animadversión, digamos que lo constato, es un hecho y yo lo constato, no saco conclusiones, al menos no todavía, ¿verdad? Es verdad, dije. ¿Y Alessandri? ¿Ha pensado usted alguna vez en los libros que leía Alessandri? No, mi general, susurré sonriente. ¡Pues leía novelitas de amor! El presidente Alessandri leía novelitas de amor, lo que hay que ver, ¿qué le parece? Increíble, mi general. Claro que tratándose de Alessandri resulta, digamos, natural; no, natural no, lógico, es bastante lógico que sus lecturas se orientaran por allí. ¿Me sigue? No lo sigo, mi general, dije poniendo cara de sufrimiento. Bueno, el pobre Alessandri, dijo el general Pinochet y me miró fijamente. Ah, claro, dije yo. ¿Me sigue ahora? Lo sigo, mi general, dije. ¿Usted recuerda algún artículo de Alessandri, algo que escribiera él solo y no uno de sus negros? Creo que no, mi general, murmuré. Claro que no, porque nunca escribió nada. Lo mismo se puede decir de Frei y de Allende. Ni leían ni escribían. Fingían ser hombres de cultura, pero ninguno de los tres leía ni escribía. No eran hombres de libros, a lo sumo hombres de prensa. En efecto, mi general, visto así, dije sonriendo beatíficamente. Y entonces el general me dijo: ¿cuántos libros cree que he escrito yo? Me quedé helado, le dije a Farewell. No tenía ni idea. Tres o cuatro, dijo Farewell con seguridad. En cualquier caso yo no lo sabía. Y tuve que admitirlo. Tres, dijo el general. Lo que pasa es que siempre he publicado en editoriales poco conocidas o en editoriales especializadas. Pero beba su té, padre, se le va a enfriar. Qué noticia más sorprendente, qué noticia más buena, dije. Bueno, son libros militares, de historia militar, de geopolítica, asuntos que no interesan a ningún lego en la materia. Es fantástico, tres libros, dije con la voz quebrada. E innumerables artículos que he publicado incluso en revistas norteamericanas, traducidos al inglés, por supuesto. Con qué gusto leería alguno de sus libros, mi general, susurré. Vaya a la Biblioteca Nacional, allí están todos. Mañana mismo lo pienso hacer sin falta, dije. El general pareció no oírme. Nadie me ha ayudado, los escribí yo solo, tres libros, uno de ellos bastante grueso, sin la ayuda de nadie, quemándome las pestañas. Y después dijo: innumerables artículos, de todo tipo, siempre, eso sí, ceñidos a la familia militar. Durante un rato ambos permanecimos en silencio, aunque yo asentía todo el tiempo, como invitándolo a seguir hablando. ¿Por qué cree que le he contado esto?, dijo de improviso. Me encogí de hombros, sonreí beatíficamente. Para deshacer cualquier equívoco, afirmó. Para que sepa usted que yo me intereso por la lectura, yo leo libros de historia, leo libros de teoría política, leo incluso novelas. La última fue *Palomita blanca,* de Lafourcade, una novela de talante francamente juvenil, pero yo la leí porque no desdeño estar al día y me gustó. ¿Usted la ha leído? Sí, mi general, dije. ¿Y qué le pareció? Excelente, mi general, publiqué una crítica sobre ella y la ponderé bastante, respondí. Bueno, tampoco es para tanto, dijo Pinochet. En efecto, dije. Volvimos a quedarnos en silencio. De pronto el general me puso una mano en la rodilla, le dije a Farewell. Sentí escalofríos. Una marea de manos por un segundo veló mi entendimiento. ¿Por qué cree usted que quiero aprender los rudimentos básicos del marxismo?, preguntó. Para prestar un mejor servicio a la patria, mi general. Exactamente, para comprender a los enemigos de Chile, para saber cómo piensan, para imaginar hasta dónde están dispuestos a llegar. Yo sé hasta dónde estoy dispuesto a llegar, se lo aseguro. Pero también quiero saber hasta dónde están dispuestos a llegar ellos. Y además a mí no me da miedo estudiar. Siempre hay que estar preparado para aprender algo nuevo cada día. Leo y escribo. Constantemente. Eso no es algo que se pueda decir de Allende o de Frei o de Alessandri, ¿verdad? Asentí tres veces. Con esto quiero decirle, padre, que usted no va a perder su tiempo conmigo y que yo no voy a perder mi tiempo con usted. ¿Correcto? Muy correcto, mi general, dije. Y cuando terminé de relatar esta historia los ojos de Farewell entrecerrados como trampas para oso fallidas o destrozadas por el tiempo y las lluvias y el frío gla-

cial, aún me miraban. Y yo tuve la impresión de que
el gran crítico de las letras chilenas del siglo XX había
muerto. Farewell, susurré, ¿hice bien o hice mal? Y
como no obtuve respuesta volví a hacer la misma pregunta: ¿hice lo correcto o me excedí? Y Farewell me
respondió con otra pregunta: ¿fue una actuación necesaria o innecesaria? Necesaria, necesaria, necesaria,
dije. Esto pareció bastarle a él y, de momento, también a mí. Y después seguimos comiendo y seguimos
hablando. Y en algún momento de nuestra conversación yo le dije: de lo que le he contado, ni una palabra a nadie. Eso se da por sentado, dijo Farewell.
Diríase que con el mismo tono del coronel Pérez
Larouche. Un tono distinto del que habían empleado
días atrás los señores Odeim y Oido, que a fin de
cuentas no eran unos caballeros. Pero a la semana siguiente la historia empezó a correr como un reguero
de pólvora por todo Santiago. El cura Ibacache le dio
clases de marxismo a la Junta. Cuando lo supe me
quedé helado. Vi a Farewell, quiero decir, lo imaginé
con tanta claridad como si lo hubiera estado espian-
do, sentado en su butacón favorito o en su sillón del
Club o en la sala de alguna de las viejujas cuya amistad cultivaba desde hacía lustros, farfullando, medio
gagá, ante un auditorio compuesto por generales retirados que ahora se dedicaban a los negocios, bujarrones vestidos a la inglesa, señoras de apellidos ilustres
que no tardarían en morirse, mi historia como profesor particular de la Junta. Y esos bujarrones y esas viejujas agónicas e incluso los generales retirados recon-

vertidos en consejeros de empresas no tardaron en contárselo a otros y éstos a otros, y a otros, y a otros. Por supuesto, Farewell rechazó ser el motor o la espoleta o el fósforo que había dado inicio a la habladuría, y yo no me vi con fuerzas ni con ganas de inculparlo. Así que me senté delante del teléfono y esperé las llamadas de los amigos o de los ex amigos, las llamadas de Oido y Odeim y Pérez Larouche, recriminándome mi indiscreción, las llamadas anónimas de los resentidos, las llamadas de las autoridades eclesiásticas interesadas en saber cuánto había de verdad y cuánto de mentira en el rumor que recorría, si más no, los cenáculos culturales de Santiago, pero nadie me llamó. Al principio achaqué este silencio a una actitud de general rechazo hacia mi persona. Después, con estupor, me di cuenta de que a nadie le importaba un pepino. Las figuras hieráticas que poblaban la patria se dirigían, inconmovibles, hacia un horizonte gris y desconocido en el que apenas se vislumbraban unos rayos lejanos, unos relámpagos, unas humaredas. ¿Qué había allí? No lo sabíamos. Ningún Sordello. Eso sí. Ningún Guido. Árboles verdes no. Trotes de caballo no. Ninguna discusión, ninguna investigación. Nos dirigíamos acaso hacia nuestras almas o hacia las almas en pena de nuestros antepasados, la planicie interminable que los merecimientos propios y ajenos habían extendido ante nuestros ojos legañosos o llorosos, exangües o afrentados. Así que resultaba hasta natural que a nadie le importaran mis clases de introducción al marxismo. Todos, tarde o temprano, iban a volver a compartir el poder. Derecha, centro, izquierda, todos de la misma familia. Problemas éticos, algunos. Problemas estéticos, ninguno. Hoy gobierna un socialista y vivimos exactamente igual. Los comunistas (que viven como si el Muro no hubiera caído), los democratacristianos, los socialistas, la derecha y los militares. O al revés. ¡Lo puedo decir al revés! ¡El orden de los factores no altera el producto! ¡Ningún problema! ¡Sólo un poco de fiebre! ¡Sólo tres actos de locura! ¡Sólo un brote psicótico excesivamente prolongado! Pude volver a salir a la calle, pude volver a telefonear a mis conocidos y nadie me dijo nada. En aquellos años de acero y silencio, al contrario, muchos alabaron mi obstinación en seguir publicando reseñas y críticas. ¡Muchos alabaron mi poesía! ¡Más de uno se me acercó para pedirme un favor! ¡Y yo fui pródigo en recomendaciones, gauchadas chilenas, datos laborales sin importancia pero que los afectados me agradecían como si les hubiera asegurado la salvación eterna! A fin de cuentas, todos éramos razonables (menos el joven envejecido, que por entonces vaya uno a saber por dónde vagabundeaba, en qué agujero se había perdido), todos éramos chilenos, todos éramos gente corriente, discreta, lógica, moderada, prudente, sensata, todos sabíamos que había que hacer algo, que había cosas que eran *necesarias,* una época de sacrificios y otra de sana reflexión. A veces, por las noches, con la luz apagada, me quedaba sentado en una silla y me preguntaba en voz baja cuál era la diferencia entre fascista y faccioso. Sólo dos palabras. Nada más que dos palabras. ¡A veces una, pero más a menudo dos! Así que salí a la calle y respiré el aire de Santiago con el vago convencimiento de estar si no en el mejor de los mundos, sí en un mundo *posible*, en un mundo *real*, y publiqué un libro de poemas que hasta a mí me parecieron extraños, quiero decir, extraños para haber salido de mi pluma, extraños para ser míos, pero yo lo publiqué como una aportación a la libertad, mi libertad y la de los lectores, y luego volví a mis clases y a mis conferencias, y publiqué otro libro en España, en Pamplona, y llegó mi hora de pasear por los aeropuertos del mundo, entre elegantes europeos y graves norteamericanos (que parecían, además, cansados), entre los hombres mejor vestidos de Italia, Alemania, Francia e Inglaterra, caballeros que era un gusto ver, y yo por allí pasaba, con mi sotana revoloteando por el aire acondicionado o por las puertas automáticas que se abrían de repente, sin causa lógica, como si presintieran la presencia de Dios, y todos decían al ver mi humilde sotana al aire allí va el padre Sebastián, el padre Urrutia, incansable, ese chileno resplandeciente, y luego volví a Chile, porque yo siempre vuelvo, si no no sería ese *chileno resplandeciente*, y seguí con mis reseñas en el periódico, con mis críticas que pedían a gritos, apenas el lector distraído rascaba un poco en su superficie, una actitud diferente ante la cultura, mis críticas que pedían a gritos, que suplicaban incluso, la lectura de los griegos y de los latinos, la lectura de los provenzales, la lectura del *dolce stil novo*, la lectura de los clásicos de España y Francia e Inglaterra,

¡más cultura!, ¡más cultura!, la lectura de Whitman y de Pound y de Eliot, la lectura de Neruda y Borges y Vallejo, la lectura de Victor Hugo, por Dios, y la de Tolstói, y me desgañitaba ufano en el desierto, y mi algarabía y en ocasiones mis gañidos sólo eran audibles para quienes con la uña del índice eran capaces de rascar sobre la superficie de mis escritos, sólo para ellos, que no eran muchos, pero que para mí eran suficientes, y la vida seguía y seguía y seguía, como un collar de arroz en donde cada grano llevara un paisaje pintado, granos diminutos y paisajes microscópicos, y yo sabía que todos se ponían el collar en el cuello pero nadie tenía la suficiente paciencia o fortaleza de ánimo como para sacarse el collar y acercárselo a los ojos y descifrar grano a grano cada paisaje, en parte porque las miniaturas exigían vista de lince, vista de águila, en parte porque los paisajes solían deparar sorpresas desagradables como ataúdes, cementerios a vuelo de pájaro, ciudades deshabitadas, el abismo y el vértigo, la pequeñez del ser y su ridícula voluntad, gente que mira la televisión, gente que asiste a los partidos de fútbol, el aburrimiento como un portaaviones gigantesco circunnavegando el imaginario chileno. Y ésa era la verdad. Nos aburríamos. Leíamos y nos aburríamos. Los intelectuales. Porque no se puede leer todo el día y toda la noche. No se puede escribir todo el día y toda la noche. No éramos, no somos titanes ciegos, y en aquellos años, como ahora, los escritores y artistas chilenos necesitaban reunirse y conversar, a ser posible en un lugar amable y con personas inteligentes. El problema, aparte del hecho insoslayable de que muchos amigos se habían marchado del país por problemas a menudo más de índole personal que política, radicaba en el toque de queda. ¿Dónde se podían reunir los intelectuales, los artistas, si a las diez de la noche todo estaba cerrado y la noche, como todo el mundo sabe, es el momento propicio de la reunión y de las confidencias y del diálogo entre iguales? Los artistas, los escritores. Qué época. Me parece estar viendo el rostro del joven envejecido. No lo veo, pero me parece verlo. Arruga la nariz, otea el horizonte, se estremece de pies a cabeza. No lo veo, pero me parece verlo acuclillado o a cuatro patas en un altozano, mientras las nubes negras pasan velocísimas por encima de su cabeza, y el altozano entonces es una colina baja y al minuto siguiente es el atrio de una iglesia, un atrio negro como las nubes, cargado de electricidad como las nubes, y brillante de humedad o sangre, y el joven envejecido tiembla y retiembla y arruga la nariz y después salta sobre la historia. Pero la historia, la verdadera historia, sólo yo la conozco. Y es simple y cruel y verdadera y nos debería hacer reír, nos debería matar de la risa. Pero nosotros sólo sabemos llorar, lo único que hacemos con convicción es llorar. Había toque de queda. Los restaurantes, los bares cerraban temprano. La gente se recogía a horas prudentes. No había muchos lugares donde se pudieran reunir los escritores y los artistas a beber y hablar hasta que quisieran. Ésa es la verdad. Así pasó. Había una mujer. Se llamaba María Canales. Era escritora, era buena moza, era joven. Yo creo que tenía cierto talento. Aún lo mantengo. Un talento, ¿cómo decirlo?, recogido en sí mismo, encerrado en su vaina, ensimismado. Otros se han retractado, han corrido el tupido velo y han olvidado. El joven envejecido, desnudo, salta sobre la presa. Pero yo conozco la historia de María Canales y sé todo lo que ocurrió. Era escritora. Puede que aún lo sea. Los escritores (y los críticos) no teníamos muchos lugares adonde ir. María Canales tenía una casa en las afueras. Una casa grande, rodeada por un jardín lleno de árboles, una casa con una sala confortable, con chimenea y buen whisky, buen coñac, una casa abierta para los amigos una vez a la semana, dos veces a la semana, en raras ocasiones tres veces a la semana. No sé cómo la conocimos. Supongo que apareció un día por la redacción de un periódico, por la redacción de una revista, por la sede de la Sociedad de Escritores de Chile. Es probable que asistiera a algún taller literario. Lo cierto es que al cabo de poco tiempo todos la conocíamos y ella nos conocía a todos. Su trato era amable. Ya he dicho que era buena moza. Tenía el pelo castaño y los ojos grandes y leía todo lo que uno le decía que leyera o así nos lo hacía creer. Iba a exposiciones. Tal vez la conocimos en una exposición. Tal vez a la salida de una exposición invitó a un grupo a seguir con la fiesta en su casa. Era buena moza, ya lo he dicho. Le gustaba el arte, le gustaba hablar con pintores, con gente que hacía performances y vídeos artísticos, tal vez porque su cultura general era manifiestamente menor que la de los escritores. O eso creía ella. Luego empezó a tratar con escritores y se dio cuenta de que éstos tampoco poseían una cultura muy amplia. Qué alivio debió de sentir. Qué alivio más chileno. En este país dejado de la mano de Dios sólo unos pocos somos realmente cultos. El resto no sabe nada. Pero la gente es simpática y se hace querer. María Canales era simpática y se hacía querer: es decir, era generosa, no parecía importarle nada más que la comodidad de sus invitados y ponía todo su empeño en conseguirlo. La verdad es que la gente se sentía bien en las veladas o tertulias o *soirées* o malones ilustrados de la novel escritora. Tenía dos hijos. Eso no lo he dicho todavía. Si mal no recuerdo, tenía dos hijos pequeños, el mayor de dos o tres años y el menor de unos ocho meses, y estaba casada con un norteamericano llamado James Thompson, que era representante o ejecutivo de una empresa de su país que hacía poco había instalado una filial en Chile y otra en Argentina, y al que María Canales llamaba Jimmy. Por supuesto, todos conocimos a Jimmy. Yo también. Era el típico norteamericano alto, de pelo castaño, un poco más claro que el de su mujer, no muy hablador pero educado. A veces participaba en las veladas artísticas de María Canales y entonces generalmente se limitaba a escuchar con paciencia infinita a los invitados menos brillantes de la noche. Los niños, a la hora en que llegaban a casa los invitados, en una alegre caravana de autos de marcas variopintas, solían estar acostados en su habitación del segundo piso, la casa tenía tres, y a veces la empleada o

126

la nana los bajaba en brazos, vestidos con sus pijamas, para que saludaran y soportaran las gracias de los recién llegados que ponderaban su belleza infantil o su buena educación o el evidente parecido que tenían con su mamá o su papá, aunque la verdad es que el mayor, que se llamaba como yo, Sebastián, no se parecía a ninguno de sus progenitores, no así el menor, de apelativo Jimmy, que era la viva imagen de Jimmy padre, con algunos rasgos criollos heredados de María Canales. Luego los niños desaparecían y desaparecía la empleada, que se encerraba en el cuarto contiguo a la pieza de los pequeños, y abajo, en la amplia sala de María Canales, empezaba la fiesta, la anfitriona servía whiskys a todo el mundo, alguien ponía un disco de Debussy, un disco de Webern grabado por la Berliner Philharmoniker, al poco rato a alguien se le ocurría recitar un poema, a otro se le ocurría ponderar en voz alta las virtudes de tal o cual novela, se discutía de pintura y de danza contemporánea, se hacían corrillos, se criticaba la última obra de fulanito, se decían maravillas de la más reciente performance de menganito, se bostezaba, a veces se me acercaba un poeta joven, contrario al régimen, y se ponía a hablar de Pound y terminaba hablándome de su propio trabajo (yo siempre estaba interesado por el trabajo de los jóvenes, tuvieran la orientación política que tuvieran), la anfitriona aparecía de repente con una bandeja rebosante de empanadas, alguien se ponía a llorar, otros cantaban, a las seis de la mañana, o a las siete, cuando ya había terminado el toque de queda, todos volvíamos en una fila india vacilante hacia nuestros autos, algunos abrazados, otros medio dormidos, la mayoría felices, y luego los motores de seis o siete autos atronaban la mañana y enmudecían por unos segundos el canto de los pajarillos en el jardín, y la anfitriona nos hacía adiós con la mano desde el porche, y los autos empezaban a salir del jardín, uno de nosotros previamente se había encargado de abrir el portón de hierro, y María Canales seguía de pie en el porche hasta que el último auto trasponía los límites de su casa, los límites de su castillo hospitalario, y los autos enfilaban por esas avenidas desiertas de las afueras de Santiago, esas avenidas interminables a cuyos lados se alzaban casas solitarias, villas abandonadas o mal cuidadas por sus propietarios, y lotes baldíos que se duplicaban en ese horizonte interminable, mientras el sol asomaba por la cordillera y desde el núcleo urbano de la ciudad nos llegaba el eco disonante de un nuevo día. Y al cabo de una semana allí estábamos de nuevo. Es una forma de decir. Yo no iba cada semana. Yo aparecía en la casa de María Canales una vez al mes. Tal vez menos. Pero había escritores que iban cada semana. ¡O más! Ahora todos lo niegan. Ahora son capaces de decir que era yo el que iba cada semana. ¡Que era yo el que iba más de una vez a la semana! Pero eso hasta el joven envejecido sabe que es una falacia. Así que eso queda descartado. Yo iba poco. En el peor de los casos yo no iba mucho. Pero cuando iba tenía los ojos abiertos y el whisky no me nublaba el entendimiento. Me fijaba en las cosas. Me fijaba, por

128

ejemplo, en el niño Sebastián, mi pequeño tocayo, y en su carita flaca. Una vez la empleada lo bajó y yo se lo quité de los brazos y le pregunté qué le pasaba. La empleada, una mapuche de pura cepa, me miró con fijeza e hizo el ademán de quitarme al niño. La esquivé. ¿Qué te pasa, Sebastián?, le dije con una ternura que hasta entonces desconocía. El niño me contempló con sus grandes ojos azules. Puse mi mano sobre su cara. Qué carita más fría. De pronto sentí que los ojos se me estaban llenando de lágrimas. Entonces la empleada me lo arrebató con un gesto cargado de rudeza. Quise decirle que era sacerdote. Algo, tal vez el sentido del ridículo, el sentido más alerta que poseemos los chilenos, me lo impidió. Cuando volvió a subir las escaleras el niño me miró por encima del hombro de la empleada que lo cargaba en brazos y tuve la impresión de que esos grandes ojos veían lo que no querían ver. María Canales se sentía muy orgullosa de él: alababa su inteligencia. Del pequeño alababa su intrepidez y osadía. Yo apenas la escuchaba: todas las madres dicen las mismas tonterías. En realidad, hablaba con los artistas que prometían, con los que estaban dispuestos a crear de la nada (o de unas lecturas secretas) la nueva escena chilena, un anglicismo un poco torpe para designar el vacío dejado por los emigrantes, y que ellos pensaban ocupar y poblar con sus obras entonces en ciernes. Hablaba con ellos y con los viejos amigos de siempre que de forma irregular (como yo) aparecían en la casa de las afueras de Santiago para hablar de la poesía metafísica inglesa o para comentar las últimas películas vistas en Nueva York. Con María Canales apenas tuve más de dos conversaciones, siempre informales, y en una ocasión leí un cuento suyo, un cuento que después se llevaría el primer premio en un concurso organizado por una revista literaria de tinte izquierdista. Recuerdo ese concurso. Yo no fui jurado. Tampoco me pidieron serlo. Si me lo hubieran pedido lo habría sido. La literatura es la literatura. Pero lo cierto es que no fui jurado. De haberlo sido tal vez no le habría dado el primer premio a María Canales. El cuento no era malo, pero distaba mucho de ser bueno. Era una medianía voluntariosa, como su propia autora. Cuando se lo enseñé a Farewell, que por aquel tiempo aún vivía, pero que nunca fue a una velada literaria en casa de María Canales, mayormente porque Farewell ya casi no salía de su casa y apenas hablaba o sólo hablaba con las viejujas amigas suyas, me dijo, tras leer unas pocas líneas, que se trataba de un texto espantoso, indigno incluso de recibir un premio en Bolivia, y luego se lamentó amargamente del estado de la literatura chilena, en donde ya no había figuras de la talla de Rafael Maluenda, Juan de Armaza o Guillermo Labarca Hubertson. Farewell estaba sentado en su sillón y yo estaba sentado enfrente de él, en el sillón de los amigos íntimos. Recuerdo que cerré los ojos y agaché la cabeza. ¿Quién se acuerda hoy de Juan de Armaza?, pensé mientras atardecía con un ruido de serpientes. Sólo Farewell y alguna viejuja memoriosa. Algún profesor de literatura perdido en el sur. Algún nieto enloquecido, rayado en un pasado perfecto e inexistente. No tenemos nada, murmuré. ¿Qué dice?, dijo Farewell. Nada, dije. ¿Se siente bien?, dijo Farewell. Muy bien, dije. Y luego dije o pensé: dos conversaciones. Y eso lo dije o lo pensé en la casa de Farewell, que se hundía con él, o en mi celda monacal. Porque sólo dos conversaciones había tenido con María Canales. En sus veladas yo solía sentarme en un rincón, junto a una gran ventana y una mesa donde siempre había un florero de greda cocida con flores frescas, cerca de la escalera, y de ese rincón no me movía, en ese rincón hablaba con el poeta desesperado, con la novelista feminista, con el pintor de vanguardia, con un ojo puesto en la escalera, atento al descenso ritual de la mapuche y del niño Sebastián. Y a veces María Canales entraba en mi corrillo. ¡Siempre simpática! ¡Siempre dispuesta a complacer mis más nimios deseos! Pero yo creo que apenas comprendía mis palabras, mi discurso. Hacía como que comprendía, pero qué iba a comprender. Y tampoco entendía las palabras del poeta desesperado, aunque sí algo más las inquietudes de la novelista feminista, y se entusiasmaba con los proyectos del pintor de vanguardia. Pero en líneas generales sólo escuchaba. Digo: cuando entraba en mi rincón, en mi camarilla blindada. En los otros ámbitos de aquella sala enorme era ella la que solía llevar la voz cantante. Y cuando se hablaba de política su seguridad era inflexible, su voz, bien timbrada, no vacilaba a la hora de adjetivar. No por ello, sin embargo, dejaba de ser una anfitriona perfecta: sabía diluir con bromas, con tallas chilenas, las convicciones encontradas. Una vez se me acercó (yo estaba solo, con un vaso de whisky en la mano, pensando en el pequeño Sebastián y en su carita perpleja) y sin mayores preámbulos me expresó su admiración por la novelista feminista. Quién pudiera escribir como ella, dijo. Le respondí con franqueza: muchas de las páginas de la novelista eran malas traducciones (por no llamarlas plagios, que siempre ha sido una palabra dura, cuando no injusta) de algunas novelistas francesas de la década del cincuenta. Observé su rostro. Era, indudablemente, una cara ladina. Me miró sin ninguna expresión y luego, poco a poco, de forma casi imperceptible, se le formó una sonrisa o el amago incontenible de una sonrisa en el rostro. Nadie hubiera dicho que sonreía, pero yo soy sacerdote católico y me di cuenta en el acto. La naturaleza de la sonrisa ya era más difícil de discernir. Tal vez era una sonrisa de satisfacción, ¿pero satisfacción de qué?, tal vez era una sonrisa de reconocimiento, es decir, en mi respuesta había *visto* mi rostro y ahora *sabía* (o creía saber la muy ladina) quién era yo, tal vez era tan sólo la sonrisa del vacío, la sonrisa que se crea misteriosamente en el vacío y que se disuelve en el vacío. O sea que a usted no le gusta lo que escribe, me dijo. La sonrisa desapareció y su cara recobró otra vez una expresión estólida. Claro que me gusta, le contesté, sólo que constato críticamente sus defectos. Qué frase más absurda. Esto lo pienso ahora, mientras yazgo postrado en la cama, y mi pobre esqueleto se apoya íntegro sobre mi codo. Qué frase más circunstancial, qué frase más mal construida, qué frase más estúpida. Todos tenemos defectos, dije. Qué horror. Sólo los genios pueden exhibir obras impolutas. Qué espanto. Tiembla mi codo. Tiembla mi cama. Tiemblan las sábanas y las frazadas. ¿Dónde está el joven envejecido? ¿No le da risa escuchar la historia de mis pifias? ¿No se ríe a pierna suelta de mis dislates, de mis yerros veniales y mortales? ¿O se ha aburrido y ya no está junto a mi cama de bronce que gira en un simulacro de Sordel, Sordello, qué Sordello? Que haga lo que quiera. Yo dije: todos tenemos defectos, pero hay que mirar las virtudes. Yo dije: todos somos, al fin y al cabo, escritores, y nuestro camino es largo y pedregoso. Y María Canales, desde el fondo de su cara de boba sufriente, me miró como si me estuviera juzgando a peso y luego dijo: qué cosa más bonita ha dicho, padre. Y yo la miré sorprendido, en parte porque hasta ese momento ella siempre me había llamado Sebastián, como todos mis amigos escritores, y en parte porque en ese mismo instante la mapuche comenzó a bajar las escaleras con los dos niños en brazos. Y esa aparición doble, la de la mapuche y el pequeño Sebastián por un lado, y la del rostro de María Canales, la actitud de María Canales llamándome padre, como si de improviso abandonara un papel agradable pero intrascendente y asumiera otro, mucho más arriesgado, el papel del penitente, o en este caso de la penitente, consiguió que por unos segundos yo bajara la guardia, como se dice en los ambientes pugilísticos (supongo), consiguió que yo penetrara por unos segundos en algo que se asemejaba al misterio gozoso, ese misterio del que todos somos partícipes y todos bebemos, pero que es innombrable, incomunicable, imperceptible, y que a mí me provocó una sensación de mareo, una náusea que se agolpaba en el pecho y que fácilmente se podía confundir con las lágrimas, transpiración, taquicardia, y que tras abandonar la hospitalaria casa de nuestra anfitriona yo achaqué a la visión de aquel niño, mi pequeño homónimo, que miraba sin ver mientras era transportado en brazos de su horrible nana, los labios sellados, los ojos sellados, todo su cuerpecito inocente sellado, como si no quisiera ver ni oír ni hablar en medio de la fiesta semanal de su madre, delante de la alegre y despreocupada pandilla de literatos que su madre congregaba cada semana. Luego no sé lo que pasó. No me desmayé. De eso estoy seguro. Me hice, acaso, el firme propósito de no asistir nunca más a las veladas de María Canales. Hablé con Farewell. Qué lejos estaba Farewell de todo. A veces hablaba de Pablo y uno tenía la impresión de que Neruda estaba vivo. A veces hablaba de Augusto, Augusto para acá, Augusto para allá, y uno tardaba horas, si no días, en comprender que se refería a Augusto D'Halmar. La verdad es que ya no se podía hablar con Farewell. A veces me lo quedaba mirando y pensaba: viejo chismoso, viejo alcahuete, viejo borracho, así pasa la gloria del mundo. Pero luego me levantaba y le buscaba las cosas que me pedía, bibelots, esculturillas de plata o hierro, viejos libros de Blest-

Gana o de Luis Orrego Luco que él se limitaba a acariciar. ¿Dónde está la literatura?, me preguntaba a mí mismo. ¿Tiene razón el joven envejecido? ¿Finalmente tiene él la razón? Escribí o intenté escribir un poema. En uno de los versos aparecía un niño de ojos azules mirando a través de los cristales de una ventana. Qué horror, qué ridiculez. Luego volví a la casa de María Canales. Todo seguía igual. Los artistas se reían, bebían, bailaban, mientras afuera, en esa zona de grandes avenidas despobladas de Santiago, transcurría el toque de queda. Yo no bebía, no bailaba, sólo sonreía beatíficamente. Y pensaba. Pensaba que era curioso que nunca apareciera una patrulla de los carabineros o de la policía militar, pese a la algarabía y a las luces de la casa. Pensaba en María Canales, que por entonces ya había ganado un premio con un cuento más bien mediocre. Pensaba en Jimmy Thompson, el marido, que a veces se ausentaba durante semanas e incluso meses. Y pensaba en los niños, sobre todo en mi pequeño tocayo, que crecía casi a su pesar. Una noche soñé con el padre Antonio, el párroco de aquella iglesia de Burgos que había muerto maldiciendo el arte de la cetrería. Yo estaba en mi casa de Santiago y el padre Antonio aparecía muy vivo, vestido con una sotana lustrosa, llena de costurones y remiendos, y sin pronunciar palabra, con la mano, me indicaba que lo siguiera. Yo así lo hacía. Salíamos a un patio de adoquines iluminado por la luna. En el centro del patio había un árbol, de especie indiscernible, sin hojas. El padre Antonio, desde el borde porticado del patio, me lo señalaba perentoriamente. Pobre curita, qué viejo está, pensaba, sin embargo miraba con atención el árbol, tal cual él quería, y posado en una de sus ramas veía un halcón. ¡Pero si es Rodrigo!, exclamaba yo. El viejo Rodrigo, qué bien se lo veía, gallardo y ufano, elegantemente agarrado a una rama, iluminado por los rayos de Selene, majestuoso y solitario. Y entonces, mientras admiraba al halcón, el padre Antonio me tiraba de la manga y al volver la vista hacia él notaba que tenía los ojos muy abiertos y sudaba a mares y le temblaban los carrillos y la barbilla. Y cuando él me miraba me daba cuenta de que gruesos lagrimones salían de sus ojos, unos lagrimones como perlas turbias en donde se reflejaban los rayos de Selene, y luego el dedo sarmentoso del padre Antonio señalaba los pórticos y arcos del otro extremo y luego señalaba la luna o la luz de la luna y luego señalaba la noche sin estrellas y luego señalaba el árbol que se alzaba en medio de aquel patio descomunal y luego señalaba a su halcón Rodrigo y todo esto lo hacía con cierto método mas sin dejar de temblar. Y yo le acariciaba la espalda, una espalda a la que le había salido una pequeña joroba, pero que por lo demás seguía siendo una bella espalda, como la de un labriego adolescente o como la de un atleta primerizo, e intentaba calmarlo pero de mis labios no salía ni un solo sonido, y luego el padre Antonio se echaba a llorar desconsoladamente, tan desconsoladamente que a mí me entraba un soplo de aire frío en el cuerpo y un miedo inexplicable en el alma, el pedacito de hombre que

136

era el padre Antonio lloraba no sólo con los ojos sino
también con la frente y con las manos y con los pies,
la cerviz doblada, un guiñapo líquido tras el que se
adivinaba su piel tersísima, y entonces, volteando la
cabeza hacia arriba, hacia mis ojos, con gran esfuerzo
me preguntaba si no me daba cuenta. ¿Cuenta de
qué?, pensaba yo mientras el padre Antonio se derre-
tía. Es el árbol de Judas, hipaba el cura burgalés. Su
aseveración no admitía dudas ni equívocos. ¡El árbol
de Judas! En ese momento creí que me iba a morir.
Todo se detuvo. Rodrigo seguía posado en la rama. El
patio o la plaza de adoquines seguía iluminada por los
rayos de Selene. Todo se detuvo. Entonces yo empecé
a caminar hacia el árbol de Judas. Al principio intenté
rezar, pero había olvidado todas las oraciones. Caminé. Mis pasos apenas resonaron bajo la noche inmensa. Cuando me hube acercado lo suficiente me volví y
quise decirle algo al padre Antonio pero éste ya no estaba por ninguna parte. El padre Antonio murió, me
dije, ahora está en el cielo o en el infierno. Con más
probabilidad: en el cementerio de Burgos. Caminé. El
halcón movió la cabeza. Uno de sus ojos me observó.
Caminé. Estoy soñando, pensé. Estoy dormido en mi
cama, en mi casa, en Santiago. Este patio o esta plaza
parece italiano y yo no estoy en Italia sino en Chile,
pensé. El halcón movió la cabeza. Su otro ojo me observó. Caminé. Ya estaba al lado del árbol. Rodrigo
pareció reconocerme. Alcé una mano. Las ramas des-
hojadas del árbol semejaban ser de piedra o de cartón
piedra. Alcé una mano y toqué una rama. En ese mo-

mento el halcón echó a volar y me quedé solo. Estoy perdido, grité. Estoy muerto. Aquella mañana, tras despertarme, de vez en cuando me descubría canturreando: el árbol de Judas, el árbol de Judas, durante las clases, mientras paseaba por el jardín, al hacer un alto en la lectura diaria para prepararme una taza de té. El árbol de Judas, el árbol de Judas. Una tarde, mientras iba canturreando, tuve un atisbo de comprensión: Chile entero se había convertido en el árbol de Judas, un árbol sin hojas, aparentemente muerto, pero bien enraizado todavía en la tierra negra, nuestra fértil tierra negra en donde los gusanos miden cuarenta centímetros. Después volví a visitar la casa de María Canales, que estaba escribiendo una novela, situación portentosa, y creo que hubo entre ambos un malentendido, no lo sé, le pregunté de sopetón por su hijo, por su marido, le dije que lo importante era la vida, no la literatura, y ella me miró a los ojos con su cara bovina y respondió que ya lo sabía, que siempre lo había sabido. Mi autoridad se deshizo como una pompa de jabón y la autoridad de ella (su soberanía) creció hasta una altura inimaginable. Mareado, me recogí en mi sillón de costumbre y capeé el temporal como mejor pude. Ya no volví a asistir a ninguna de sus veladas. Meses después, un amigo me contó que durante una fiesta en casa de María Canales uno de los invitados se había perdido. Iba muy borracho, o iba muy borracha, pues no quedaba claro su sexo, y salió en busca del baño o del wáter, como aún dicen algunos de mis desdichados compatriotas. Tal vez

138

quería vomitar, tal vez sólo quería hacer sus necesidades o mojarse un poco la cara, pero el alcohol ayudó a que se extraviara. En vez de tomar el pasillo a la derecha, tomó el de la izquierda, luego se metió por otro pasillo, bajó unas escaleras, estaba en el sótano y no se dio cuenta, la casa, en verdad, era muy grande: un crucigrama. El caso es que anduvo por diversos corredores y abrió puertas, y encontró muchas habitaciones vacías u ocupadas por cajas de embalaje o por grandes telarañas que la mapuche no se tomaba la molestia de limpiar jamás. Finalmente llegó a un pasillo más estrecho que todos los demás y abrió una última puerta. Vio una especie de cama metálica. Encendió la luz. Sobre el catre había un hombre desnudo, atado de las muñecas y de los tobillos. Parecía dormido, pero esta observación es difícil de verificar, pues una venda le cubría los ojos. El extraviado o la extraviada cerró la puerta, desaparecida instantáneamente la borrachera, y descorrió sigilosamente el camino andado. Cuando llegó a la sala pidió un whisky y luego otro y no dijo nada. Más tarde, ¿cuánto más tarde?, lo ignoro, se lo contó a un amigo y éste se lo contó a mi amigo, quien mucho más tarde me lo contó a mí. Su conciencia lo mortificaba. Vete tranquilo, le dije. Luego supe, por otro amigo, que quien se había perdido era un autor de teatro o tal vez un actor, y que había recorrido los infinitos pasillos de la casa de María Canales y de Jimmy Thompson hasta la saciedad, hasta llegar a aquella puerta al final del corredor débilmente iluminado, y había abierto la puerta y se había dado de bruces con aquel cuerpo atado sobre una cama metálica, abandonado en aquel sótano, pero vivo, y el dramaturgo o el actor había cerrado la puerta sigilosamente, procurando no despertar al pobre hombre que reparaba en el sueño su dolor, y había desandado el camino y vuelto a la fiesta o tertulia literaria, la *soirée* de María Canales, y no había dicho nada. Y también supe, años después, mientras observaba a las nubes desmigajarse, fragmentarse, explotar sobre los cielos de Chile como no lo harían jamás las nubes de Baudelaire, que fue un teórico de la escena de vanguardia el que se perdió por los corredores burlones de la casa en los confines de Santiago, un teórico con un gran sentido del humor, quien al extraviarse no se arredró, pues a su sentido del humor añadía una curiosidad natural, y que al verse y saberse perdido en el sótano de María Canales no tuvo miedo sino que más bien se despertó su espíritu fisgón, y que abrió puertas y que incluso se puso a silbar, y que finalmente llegó al último cuarto en el corredor más estrecho del sótano, el que sólo estaba iluminado por una débil bombilla, y abrió la puerta y vio al hombre atado a una cama metálica, los ojos vendados, y supo que el hombre estaba vivo porque lo oyó respirar, aunque su estado físico no era bueno, pues pese a la luz deficiente vio sus heridas, sus supuraciones, como eczemas, pero no eran eczemas, las partes maltratadas de su anatomía, las partes hinchadas, como si tuviera más de un hueso roto, pero respiraba, en modo alguno parecía alguien a punto de morir, y luego el teórico de la escena de

140

vanguardia cerró delicadamente la puerta, sin hacer ruido, y empezó a buscar el camino de vuelta a la sala, apagando a sus espaldas las luces que previamente había encendido. Y meses después, o tal vez años después, otro habitual de las veladas me contó la misma historia. Y luego otro y luego otro y otro más. Y luego llegó la democracia, el momento en que todos los chilenos debíamos reconciliarnos entre nosotros, y entonces se supo que Jimmy Thompson había sido uno de los principales agentes de la DINA y que usaba su casa como centro de interrogatorios. Los subversivos pasaban por los sótanos de Jimmy, en donde éste los interrogaba, les extraía toda la información posible, y luego los remitía a otros centros de detención. En su casa, por regla general, no se mataba a nadie. Sólo se interrogaba, aunque algunos murieron. También se supo que Jimmy había viajado a Washington y había matado a un antiguo ministro de Allende y de paso a una norteamericana. Y que había preparado atentados en Argentina contra exiliados chilenos e incluso algún atentado en Europa, tierra civilizada que Jimmy había sobrevolado con la timidez propia de los nacidos en América. Eso se supo. María Canales, por supuesto, lo sabía desde mucho antes. Pero ella quería ser escritora y los escritores necesitan la cercanía física de otros escritores. Jimmy amaba a su mujer. María Canales amaba a su gringuito. Tenían unos hijos preciosos. El pequeño Sebastián no amaba a sus padres. ¡Pero eran sus padres! La mapuche, a su manera oscura, amaba a María Canales y probablemente también a su patrón. Los empleados de Jimmy no amaban a Jimmy, pero probablemente también tenían familias, y a su manera oscura las amaban. Yo me hice la siguiente pregunta: ¿por qué María Canales, sabiendo lo que su marido hacía en el sótano, llevaba invitados a su casa? La respuesta era sencilla: porque durante las *soirées,* por regla general, no había huéspedes en el sótano. Yo me hice la siguiente pregunta: ¿por qué aquella noche uno de los invitados al extraviarse encontró a ese pobre hombre? La respuesta era sencilla: porque la costumbre distiende toda precaución, porque la rutina matiza todo horror. Yo me hice la siguiente pregunta: ¿por qué nadie, en su momento, dijo nada? La respuesta era sencilla: porque tuvo miedo, porque tuvieron miedo. Yo no tuve miedo. Yo hubiera podido decir algo, pero yo nada vi, nada supe hasta que fue demasiado tarde. ¿Para qué remover lo que el tiempo piadosamente oculta? Más tarde a Jimmy lo metieron preso en Estados Unidos. Habló. Su declaración inculpó a varios generales de Chile. Lo sacaron de la cárcel y lo pusieron en un programa de protección especial de testigos. ¡Como si los generales de Chile fueran jefes de la mafia! ¡Como si los generales de Chile pudieran extender sus tentáculos hasta las pequeñas poblaciones del Medio Oeste norteamericano para acallar a los testigos incómodos! María Canales se quedó sola. Todos sus amigos, todos los que habían acudido gustosos a sus veladas literarias, le dieron la espalda. Una tarde yo la fui a ver. Ya no había toque de queda y era extraño conducir un auto por aquellas avenidas de las afueras que poco a poco estaban cambiando. La casa ya no parecía la misma: todo su esplendor, un esplendor nocturno e impune, había desaparecido. Ahora sólo era una casa demasiado grande, con un jardín descuidado en donde la maleza crecía sin control, vertiginosamente, trepando por las rejas como si quisiera velar al paseante ocasional la visión del interior de aquella casa marcada. Estacioné al lado del portón y estuve un rato mirando desde la vereda. Los vidrios estaban sucios y las cortinas corridas. Una bicicleta infantil, de color rojo, estaba tirada junto a las escaleras de acceso al porche. Toqué el timbre. Al cabo de un rato la puerta se abrió. María Canales asomó la mitad del cuerpo y me preguntó qué quería. Le dije que quería hablar con ella. No me había reconocido. ¿Es usted periodista?, preguntó. Soy el cura Ibacache, le dije. Sebastián Urrutia Lacroix. Durante unos segundos pareció retroceder en el tiempo y luego sonrió y salió de la casa, recorrió el tramo de jardín que la separaba de mí y abrió el portón. Es usted la última persona que hubiera esperado, me dijo. Su sonrisa no era muy diferente de la que yo recordaba. Han pasado muchos años, dijo ella como si me leyera el pensamiento, pero parece como si hubiera sido ayer. Entramos en la casa. Ya no había tantos muebles como antes y la decrepitud del jardín tenía su correlato en las habitaciones, que yo recordaba luminosas, y que ahora aparecían como bañadas por un polvillo rojizo, suspendidas en un tiempo diacrónico en donde se sucedían escenas incomprensibles, tristes, leja-

143

nas. Mi sillón, el sillón donde solía sentarme, aún estaba allí. María Canales siguió la dirección de mis ojos y lo notó. Siéntese, padre, me dijo, está en su casa. Sin decir nada, tomé asiento. Le pregunté por sus hijos. Me dijo que estaban pasando unos días con unos familiares. ¿De salud están bien?, dije. Muy bien. Sebastián ha crecido mucho, si lo viera no lo reconocería. Le pregunté por su marido. En Estados Unidos, dijo. Ahora vive en Estados Unidos, dijo. ¿Y cómo se encuentra?, dije yo. Supongo que bien. Con un gesto que denotaba a partes iguales cansancio y hastío, acercó una silla a mi sillón y se sentó contemplando el jardín a través de los cristales sucios. Estaba más gorda que antes. Y vestía peor que antes. Le pregunté por su vida. Me respondió que todo el mundo conocía su vida y luego se rió con una vulgaridad en la que creí percibir también unas gotas de desafío que me estremecieron. Ya no tenía amigos, ni dinero, su marido la había olvidado a ella y a sus hijos, todo el mundo le había dado la espalda, pero ella seguía allí y se permitía el lujo de reírse en voz alta. Le pregunté por su empleada mapuche. Volvió al sur, me dijo con voz ausente. ¿Y su novela, María, la acabó?, susurré. Todavía no, padre, dijo bajando la voz al igual que yo. Apoyé la mandíbula en una mano y durante un rato estuve reflexionando. Traté de pensar con claridad, pero no pude. Mientras estuve así escuché que ella hablaba de periodistas, la mayoría extranjeros, que iban a veces a visitarla. Yo quiero hablar de literatura, dijo, pero ellos siempre sacan el tema de la política, del trabajo de Jimmy, de qué sentía yo, del sótano. Cerré los ojos. Perdónala, imploré mentalmente, perdónala. A veces, pocas, vienen algunos chilenos, algunos argentinos. Yo ahora cobro las entrevistas. O pagan o no hablo. Y no le digo a nadie, ni por todo el oro del mundo, quiénes venían a mis veladas artísticas. Se lo prometo. ¿Usted sabía todo lo que hacía Jimmy? Sí, padre. ¿Y se arrepiente? Igual que todos, padre. Sentí que me faltaba el aire. Me levanté y abrí una ventana. Los puños de mi chaqueta quedaron manchados de polvo. Después me contó una historia sobre la casa. El terreno, al parecer, no era de ella y los auténticos dueños, unos judíos que habían estado exiliados más de veinte años, le habían puesto un pleito. Al carecer de dinero para contratar buenos abogados, estaba segura de su derrota. El proyecto de los judíos era derruirlo todo y edificar algo nuevo. De mi casa, dijo María Canales, no quedará memoria alguna. La miré con tristeza y le dije que tal vez eso fuera lo mejor, que aún era joven, que no estaba complicada judicialmente en ningún proceso, que empezara de nuevo, con sus hijos, en alguna otra parte. ¿Y mi carrera literaria?, dijo con expresión retadora. Use un *nom de plume,* un pseudónimo, un remoquete, por el amor de Cristo. Me miró como si la hubiera insultado. Después sonrió: ¿quiere ver el sótano?, dijo. La hubiera abofeteado allí mismo, en lugar de eso me senté y negué varias veces con la cabeza. Cerré los ojos. Dentro de unos meses ya no será posible, me dijo. Por el tono de su voz, por su aliento cálido, supe que había acercado en exceso su rostro al mío. Volví a negar con la cabeza. Echarán la casa abajo. Demolerán el sótano. Aquí mató un empleado de Jimmy al funcionario español de la UNESCO. Aquí mató Jimmy a la Cecilia Sánchez Poblete. A veces yo estaba viendo la tele con los niños y se iba la luz por un rato. No oíamos ningún grito, sólo la electricidad que se iba de golpe y después volvía. ¿Quiere ir a ver el sótano? Me levanté, di unos pasos por la sala en donde antes se reunían los escritores de mi patria, los artistas, los trabajadores de la cultura, y dije no con la cabeza. Me voy, María, me tengo que ir, le dije. Ella se rió con una fuerza incontenible. Pero tal vez fue sólo mi imaginación. Cuando estuvimos en el porche (comenzaba lentamente a anochecer), me tomó la mano, como si de improviso hubiera sentido miedo a quedarse sola en aquella casa condenada. Apreté su mano y le sugerí que rezara. Me hallaba muy cansado y mis palabras fueron dichas sin convicción. No puedo rezar más de lo que ya rezo, me respondió. Inténtelo, María, inténtelo, hágalo por sus hijos. Ella respiró el aire de las afueras de Santiago, ese aire que era la quintaesencia del crepúsculo. Luego miró a su alrededor, tranquila, serena, valiente a su manera, y vio su casa, su porche, el lugar donde antes estacionaban los autos, la bicicleta roja, los árboles, el sendero de tierra, las rejas, las ventanas cerradas salvo la que yo había abierto, las estrellas que titilaban allá a lo lejos, y dijo que así se hacía la literatura en Chile. Yo incliné la cabeza y me marché. Mientras conducía, de vuelta a Santiago, pensé en sus palabras.

146

Así se hace la literatura en Chile, pero no sólo en Chile, también en Argentina y en México, en Guatemala y en Uruguay, y en España y en Francia y en Alemania, y en la verde Inglaterra y en la alegre Italia. Así se hace la literatura. O lo que nosotros, para no caer en el vertedero, llamamos literatura. Luego volví a canturrear: el árbol de Judas, el árbol de Judas, y mi auto entró otra vez en el túnel del tiempo, en la gran máquina de moler carne del tiempo. Y recordé el día en que Farewell murió. Tuvo un funeral limpio y discreto, tal como él hubiera querido. Cuando me quedé solo en su casa, solo delante de la biblioteca de Farewell, que de alguna manera misteriosa encarnaba la ausencia y la presencia de Farewell, le pregunté a su espíritu (era una pregunta retórica, por supuesto) por qué nos había ocurrido lo que finalmente nos había ocurrido. No obtuve respuesta. Me acerqué a una de las enormes estanterías y toqué con la punta de los dedos los lomos de los libros. Alguien se removió en una esquina. Pegué un salto. Al acercarme me di cuenta de que era una de las viejujas amigas suyas que se había quedado dormida. Salimos de la casa tomados del brazo. Durante el entierro, mientras recorríamos calles que eran como refrigeradores, pregunté dónde estaba Farewell. En el ataúd, me respondieron unos muchachos que iban adelante. Imbéciles, dije, pero los muchachos ya no estaban, habían desaparecido. Ahora el enfermo soy yo. Mi cama gira en un río de aguas rápidas. Si las aguas fueran turbulentas yo sabría que la muerte está cerca. Pero las aguas sólo son rápidas, por lo que aún albergo alguna esperanza. Desde hace mucho el joven envejecido guarda silencio. Ya no despotrica contra mí ni contra los escritores. ¿Tiene esto solución? Así se hace la literatura en Chile, así se hace la gran literatura de Occidente. Métetelo en la cabeza, le digo. El joven envejecido, lo que queda de él, mueve los labios formulando un *no* inaudible. Mi fuerza mental lo ha detenido. O tal vez ha sido la historia. Poco puede uno solo contra la historia. El joven envejecido siempre ha estado solo y yo siempre he estado con la historia. Me apoyo sobre mi codo y lo busco. Sólo veo mis libros, las paredes de mi dormitorio, una ventana en medio de la penumbra y la claridad. Ahora podría levantarme otra vez y reiniciar mi vida, mis clases, mis reseñas críticas. Me gustaría comentar un libro de la nueva literatura francesa. Pero carezco de fuerza. ¿Tiene esto solución? Un día, tras la muerte de Farewell, fui a su fundo, el viejo *Là-bas*, en compañía de unos amigos, en una suerte de viaje sentimental del que yo me desentendí apenas llegamos. Me puse a caminar por los campos que había recorrido durante mi juventud. Busqué a los campesinos, pero los galpones en donde vivían estaban vacíos. A los amigos que iban conmigo los atendía una vieja. La observé desde lejos y cuando se dirigió a la cocina fui detrás de ella y la saludé desde la parte de afuera, desde el otro lado de la ventana. Ella ni siquiera me miró. Luego supe que estaba medio sorda, pero lo cierto es que ni siquiera me miró. ¿Tiene esto solución? Un día, más que nada por matar el aburrimiento, le pregunté a un joven novelista de izquierda si sabía algo de María Canales. El joven dijo que él nunca la había conocido. Pero si tú alguna vez fuiste a su casa, le dije. Él negó con la cabeza repetidas veces y acto seguido cambió de tema. ¿Tiene esto solución? A veces me cruzo con campesinos que hablan en otra lengua. Los detengo. Les pregunto cosas del campo. Ellos me dicen que no trabajan en el campo. Me dicen que son obreros, de Santiago o de las afueras de Santiago, y que nunca han trabajado en el campo. ¿Tiene esto solución? A veces la tierra tiembla. El epicentro del terremoto está en el norte o está en el sur, pero yo escucho cómo la tierra tiembla. A veces me mareo. A veces el temblor dura más de lo normal y la gente se coloca debajo de las puertas o debajo de las escaleras o sale corriendo a la calle. ¿Tiene esto solución? Yo veo a la gente correr por las calles. Veo a la gente entrar en el metro y en los cines. Veo a la gente comprar el periódico. Y a veces tiembla y todo queda detenido por un instante. Y entonces me pregunto: ¿dónde está el joven envejecido?, ¿por qué se ha ido?, y poco a poco la verdad empieza a ascender como un cadáver. Un cadáver que sube desde el fondo del mar o desde el fondo de un barranco. Veo su sombra que sube. Su sombra vacilante. Su sombra que sube como si ascendiera por la colina de un planeta fosilizado. Y entonces, en la penumbra de mi enfermedad, veo su rostro feroz, su dulce rostro, y me pregunto: ¿soy yo el joven envejecido? ¿Esto es el verdadero, el gran terror, ser yo el joven envejecido que grita sin que nadie lo escuche? ¿Y que el pobre joven envejecido sea yo? Y entonces pasan a una velocidad de vértigo los rostros que admiré, los rostros que amé, odié, envidié, desprecié. Los rostros que protegí, los que ataqué, los rostros de los que me defendí, los que busqué vanamente.

Y después se desata la tormenta de mierda.

2666

Cuatro académicos tras la pista de un enigmático escritor alemán; un periodista de Nueva York en su primer trabajo en México; un filósofo viudo; un detective de policía enamorado de una esquiva mujer —estos son algunos de los personajes arrastrados hasta la ciudad fronteriza de Santa Teresa, donde en la última década han desaparecido cientos de mujeres. Publicada póstumamente, la última novela de Roberto Bolaño no sólo es su mejor obra y una de las mejores del siglo XXI, sino uno de esos excepcionales libros que trascienden a su autor y a su época para formar parte de la literatura universal.

Ficción

LOS DETECTIVES SALVAJES

Arturo Belano y Ulises Lima, dos quijotes modernos, salen tras las huellas de Cesárea Tinajero, la misteriosa escritora desaparecida en México en los años posteriores a la revolución. Esa búsqueda —el viaje y sus consecuencias— se prolonga durante veinte años, bifurcándose a través de numerosos personajes y continentes. Con escenarios como México, Nicaragua, Estados Unidos, Francia y España, y personajes entre los que destacan un fotógrafo español a punto de la desesperación, un neonazi, un torero mexicano jubilado que vive en el desierto, una estudiante francesa lectora de Sade, una prostituta adolescente en permanente huida, un abogado gallego herido por la poesía y un editor mexicano perseguido por unos pistoleros, *Los detectives salvajes* es una novela donde hay de todo: amores y muertes, asesinatos y fugas, manicomios y universidades, desapariciones y apariciones.

Ficción

El narrador vio por primera vez a aquel hombre en 1971 o 1972, cuando Allende era aún Presidente de Chile. Escribía poemas distantes y cautelosos, seducía a las mujeres y despertaba en los hombres una indefinible desconfianza. Volvió a verlo después del golpe, pero en ese momento ignoraba que aquel aviador, que escribía versículos de la Biblia con el humo de un avión de la Segunda Guerra Mundial, y el poeta, eran uno y el mismo. Y así nos es contada la historia de un impostor, de un hombre de muchos nombres, sin otra moral que la estética, dandy del horror, asesino y fotógrafo del miedo, artista bárbaro que llevaba sus creaciones hasta sus últimas y letales consecuencias. Novela clave en la obra de Roberto Bolaño, *Estrella Distante* es, además de un apasionante thriller intelectual, una escalofriante investigación sobre la mentalidad fascista y sus efectos en la sensibilidad literaria.

Ficción

MONSIEUR PAIN

En la primavera de 1938, monsieur Pierre Pain, acupuntor y seguidor convencido de las teorías mesméricas, recibe el cometido de tratar el hipo de un sudamericano abandonado a su poca suerte y escasos medios en un hospital de París. Lo que a priori parecía un extraño caso de fiebre alta, no obstante, se presenta ante sus ojos como un entramado de proporciones inimaginables y abre la puerta a preguntas cuyas respuestas Pain tendrá que desvelar. ¿Qué identidad se oculta tras ese rostro pobre y agonizante? ¿Quién, quiénes o qué podrían desear su muerte? ¿Y qué provecho sacarían de ella? Enfrentado a una red compleja y oscura, el mesmerista habrá de lidiar con sus pasiones más íntimas y el implacable fantasma de la soledad, con el ínfimo atisbo que a la humanidad le resta de dignidad y con la tristeza que, ola tras ola, trago tras trago, todo lo anega.

Ficción

EL TERCER REICH

Udo Berger, escritor fracasado y campeón de juegos de estrategia, viaja de nuevo al pequeño pueblo de la Costa Brava catalana donde pasaba los veranos de su infancia. Acompañado por su novia, pasa la mayor parte del tiempo con su juego favorito: El Tercer Reich. Una noche conocen a otra pareja de alemanes, Charly y Hanna, con quien planean pasar los siguientes días. Pero cuando Charly desaparece esa misma noche, la apacible vida de Udo cambiará bruscamente.

Ficción

PUTAS ASESINAS

En esta frase, pronunciada por el protagonista de uno de los relatos incluidos en *Putas asesinas*, reside la esencia que atraviesa todo el libro. En él, Roberto Bolaño trata algunos de los temas que conforman su universo literario y que están, por tanto, entretejidos en los argumentos de sus obras más emblemáticas: la sexualidad; las vidas de seres comunes —como el propio autor o como sus lectores—, a medio camino entre lo extraordinario y lo cotidiano, entre la rebeldía y la vulnerabilidad; el poder subversivo de la literatura; el viaje como huida; la necesidad de develar lo incierto; la juventud; la violencia, y la lucha del desarraigado por encontrar un espacio propio en un lugar ajeno. *Putas asesinas* es el último libro de cuentos publicado en vida de Roberto Bolaño. Escritos con el estilo inconfundible que caracteriza al autor chileno, en ellos se mezcla la desolación y el humor, el lirismo y la autobiografía, la ruptura con la tradición y el homenaje a los maestros. El mejor Bolaño, el que en 2001 ya se había consagrado como uno de los escritores en español más importantes del siglo XX, está presente en cada página.

Ficción

VINTAGE ESPAÑOL
Disponibles en su librería favorita.
www.vintageespanol.com